Pourtant

Revue de création,
de rencontre littéraire
et photographique

pourtant,

Sommaire

Préface

Déterrer des secrets

Gilles Bertin

C'est un très vieil homme en noir, grosse moustache, à l'arrière d'une Renault R16. Il lit un exemplaire de ce numéro 1 de *Pourtant* que vous avez entre les mains, il en est à la moitié. L'enfant assis à côté de lui a six ou sept ans et c'est l'un de ses premiers souvenirs. On est dimanche, toute la famille est allée au bord de la rivière, dans un cabanon. Ils en reviennent. Une de ces routes avec une rangée d'arbres de chaque côté qui existent encore à la fin des années 60. Le vieil homme montre un endroit à l'enfant, «Là, dit-il, on a tendu une embuscade aux Allemands.»

«Qu'est-ce qu'écrire?» demande Stephen King dans *Mémoires d'un métier*. «De la télépathie, répond-il, bien entendu.» Vous êtes à une terrasse ou bien dans votre lit avec le numéro 1 de cette revue, moi assis devant ma table de travail sur les Pentes, à Lyon, le 7 juin 2020 vers 17 h 30. Des semaines, des mois, voire davantage nous séparent, ainsi que des centaines de kilomètres. Pourtant, ce vieil homme qui est dans ma tête est maintenant dans la vôtre, avec tous les poils de sa moustache et ses rides comme les anneaux d'un tronc. Et le King ajoute, «Les histoires sont des reliques, issues d'un monde préexistant, encore inconnu. Le travail de l'écrivain consiste à les extraire du sol, aussi intégralement que possible, en les laissant aussi intactes que possible.» D'autres auteurs aussi parlent de magie. Yak Rivais pense que l'écrivain dissimule dans chaque texte un secret qui donne au lecteur l'envie de le lire au bout, avalant l'hameçon avec l'appât. Laura Kasischke affirme qu'elle détient un secret quand elle écrit ses romans aux héroïnes ordinaires habitées de rêves qui les dépassent. «Il est là en moi, mais je ne le connais pas.» La photographie, pourtant capteuse de réel, flirte elle aussi avec la dissimulation et le secret. «Elle n'est pas une représentation fiable de la réalité ou d'un moment», dit Philip-Lorca diCorcia, qui mélange style documentaire et image de fiction, «Tout au plus reflète-t-elle des perceptions et l'intention singulière de l'artiste.» Si Doisneau avait été dans cette R16, qu'aurait-il saisi de cet après-midi, de cette moustache et de ce gamin?

Ces environ 170 pages dans vos mains et dans celles de ce vieil homme sont gorgées de secrets et de reliques rapportés de 38 mondes par 38 écrivains et photographes télépathes. 38 histoires. «La naissance, la grossesse, la souffrance, le meurtre, le couple, la mort, la révolte et peut-être le baiser», disait Picasso.

Dans le temps frénétique où nous vivons, seuls derrière nos écrans comme des addicts de casinos derrière des bandits manchots, indéfiniment coincés dans un temps qui n'existe plus puisqu'il est désormais instantané, une revue est un lieu à part. Un collectif de voix et de regards, une construction qui s'élabore numéro après numéro, année après année.

La pandémie nous a offert d'entrer plus vite qu'imaginé dans ce collectif, plusieurs mois avant la concrétisation de ce premier numéro. Un hors-série en est sorti. Il est en accès libre sur le site. Et en souscription pour sortie en livre papier, début octobre, au salon de la revue à Paris. Le bon de souscription est en dernières pages.

Sur cette voie du collectif, il y a eu aussi vos dons et vos adhésions à l'association. Ils nous ont dit votre intérêt pour l'existence de cette revue, votre envie d'y participer. Vous avez été 52 à donner 5, 10, 20, jusqu'à 50€. Et 10 à adhérer à l'association porteuse du projet. Vos contributions ont été essentielles pour donner naissance à ce numéro 1.

D'autres nous aident aussi dans cette aventure. Nos invités :
René Frégni, auteur lumineux et sensible, rebelle dressé depuis 40 ans contre la misère, la prison et la destruction, dont les mots chantent la

nature et la fraternité, nous offre *Les jours barbares*, écrit le 18 mars contre la folie des hommes et pour le printemps. Merci de nous faire cet honneur.

Florentine Rey, poétesse et performeuse, qui s'empare de pourtant comme un grappin, un tournevis, un escabeau pour accéder au sein de l'incertain au courage d'être, avec les photos noires de lumière de Patricia Weibel. Le tendre Derek Munn et l'argentique Löetitia Léo sont eux aussi dans l'incertain, les bifurcations des chemins, superposent les images et les ambivalences, pas d'univoque dans la forêt de leur *Merle blanc*, projet d'exposition photo devenu aussi ce texte sensible. Isabelle Minière et Bertrand Runtz avec *Mes premiers pas* et sa chute m'ont ramené dans cette R16, près de ce vieil homme avec ce livre. Je commençais alors à lire, les livres sortent de l'enfermement, ouvrent à la vie.

Il croque sa moustache en lisant, il attrape l'extrémité de chaque poil entre ses incisives et la coupe d'un petit craquement sec. Cela lui prend du temps cet élagage. Il aime ça, prendre son temps. Le thème de ce numéro est «pourtant», en 31 variations affichées en exergue au long des cinq temps de ce livre. «Ténus», temps de sentiments fragiles, mais prégnants. «Fuites», quand on ne peut rien d'autre devant la réalité. «D'autres écrivent», où nous accueillons nos invités. «Jeux», temps de balles au mur, de chat et de souris, et «Minéral», qui est le temps des villes.

Le thème de *Pourtant* n°2 sera «Naissances», dans ses nombreuses variations et efflorescences que l'on peut trouver sur le site, dans l'onglet «Numéro 2, Naissances».

Deux numéros, c'est une bonne raison pour vous abonner (bulletin d'abonnement à la fin), économiser les frais de port et recevoir en plus la version numérique. Elle déchire sur tablette, les photographies y éclatent. Vous pouvez aussi vous abonner seulement en numérique. En vous abonnant, vous aidez la revue. Celle que tous deux lisent sur la banquette arrière de cette voiture qui file entre les arbres.

1

Ténus

Dimanche

Olivier Doutriaux

#12

« Elle était pâle,
et pourtant rose,
Petite avec de grands
cheveux. »

Victor Hugo

Cri n°179

Christina Mirjol

Deux habitants, un clochard et un buffet

Il y a un homme dans le couloir. Allongé. Tout au bout. Au bout du couloir. Il est allongé. Tu l'as vu ? L'homme. Il est allongé. De tout son long dans le couloir. Comme chez lui. Tout au bout.

Comment, chez lui ?

Oui... Les déménageurs sont là. Mets ton tablier, dépêche-toi, on va avoir besoin de toi.

Pourquoi ?

Le buffet.

Quoi, le buffet ?

Il ne passe pas. Il ne passe pas ton buffet. Il est trop gros. Tu vois. Il est gros.

Il ne passe pas ?

Non.

J'en étais sûre ! La porte est trop petite, elle est trop petite pour mon buffet. La porte d'en bas. Elle est trop petite.

#21

« Où est le Saint-Graal ? commença-t-il d'un ton solennel. Tant de gens me posent cette question. Et pourtant, la seule interrogation qui vaille c'est : qu'est-ce que le Saint-Graal ? »

Dan Brown,
Da Vinci Code

On n'avait pas besoin d'un buffet si gros. Quel besoin on a d'un gros buffet ? Pour mettre quoi ? Tout est déjà rentré, il n'y a rien dehors.

Les provisions. C'est pour les provisions. Je vais faire
des réserves. Des réserves. Oui, des réserves. Elles
vont arriver.

Des réserves ?... Tiens, regarde, il est réveillé, le clochard. Tu vois. Il se réveille. Il plie sa couverture. Il la met dans le coin. Pour cette nuit. Il ne s'en fait pas, il fait son petit tas. Puisqu'on le laisse faire. Ah ! il passe finalement. Il passe ton buffet, il passe.

Il ouvre une boîte de thon. Tu as vu ? Il ouvre une boîte de thon. Dans le couloir. Il va manger son thon dans
le couloir. DANS LE COULOIR !... Oui, vous le mettez
là le buffet... À cette place... Là... Là. Juste là... Le thon,
le pain, il a tout ce qu'il lui faut... Là... À cette place, oui, là... Il rentre ?... Bien sûr qu'il rentre. Il rentre, vous voyez bien qu'il rentre, il suffit de tourner... Il y aura plein de miettes... elle va être contente la concierge. Elle sera contente. Quand elle va voir les miettes et
la couverture, elle sera contente... Il rentre juste. Juste.
Il est juste là où il faut. C'est exactement sa place. C'est
la place du buffet. Tu ne trouves pas ?

Si, si. Il ne va quand même pas s'installer ici ? Il plie tout son petit barda, tu as vu, il plie son barda, il s'organise.

Oui.

C'est tout ce que tu trouves à dire ?

Je regarde mon buffet. Je ne peux pas tout voir en même temps.
Maintenant c'est mon buffet. Il est beau.
Il est à sa place. C'est un beau buffet.

Le maître

Sophie Bernier

« J'ose dire pourtant que je n'ai mérité
Ni cet excès d'honneur ni cette indignité. »

Jean Racine

Atanarjat

Claudine Londre

#23

« Il était mort, pourtant. »

Michael Connelly,
Le Poète

Il était mort, pourtant.
En tout cas, c'est ce qui se disait par les igloos, et le bruit rebondissait de bloc de glace en bloc de glace, et les chiens de traineau ouvraient grand leurs yeux bleus, et bâillaient en exhalant des nuages de fumée blanche, n'étant pas concernés par la mort d'Atanarjat. Près des trous d'eau glacée, les poissons se laissaient cueillir par les ouïes, les hommes qui avaient tiré sur le fil fondaient dans le paysage comme de la neige portée en bouche et marchaient arc-boutés contre le vent, fouettés, brûlants. Avec une mince fente dans des lunettes de bois pour voir le monde, leurs vêtements de peau craquant à chaque pas, les coutures en tendon vibrant comme si l'animal était encore vivant. Atanarjat est mort, hurlait-on contre le bruit du vent, et les mauvaises âmes se réjouissaient, un rival en moins est toujours une bonne chose, et les jeunes filles se désolaient qui avaient toutes rêvé de l'avoir entre les cuisses, et de refermer ces cuisses avec force sur lui, pour sentir son sexe les fouiller profondément ; le plus beau mâle alentour - sa bouche charnue au sourire éblouissant, ses lèvres parfaites pour boire l'eau du sexe - qui savait lancer leur cœur au grand galop en pressant furtivement leurs mains, suscitant cette chose brûlante et visqueuse au mitan du corps. Il était mort, c'est ce qui se disait dans la bourrasque et se répétait dans la tempête, on ne l'avait jamais revu, et son frigo à poissons était plein, le gros sel était dans la boite, les bottes de rechange près de la couverture, le canif posé sur l'ivoire, le jouet pour son ne-

veu dans son fourreau de cuir et le père n'avait pas eu de nouvelles, non plus la tante. Et c'était un des pires hivers, sans tourbe à brûler, la graisse de phoque venait à manquer, tout le monde était abattu ou épuisé, sans forces ; on buvait du thé pour se réchauffer et de l'arak pour oublier. Les enfants avaient les joues rouges à exploser, les nourrissons hurlaient même après la tétée, les vieillards perdaient leurs dernières dents, les chiens toussaient des toux rauques, et la lumière était si fine sous le ciel qu'on ne la percevait plus. Alors vraiment Atarnajat était mort, on retrouverait son corps congelé et bleu un jour dans la neige et on planterait un bout de bois à cet endroit-là, on ferait une cérémonie, on offrirait de l'alcool aux Esprits, on verserait des larmes, et puis on l'oublierait. D'autres Atarnajat viendraient, et de meilleures saisons, et des poissons, et des soleils crus, et les trous dans la glace s'ouvriraient et se refermeraient comme des poumons très lents, et ce serait une histoire banale qu'on ne répéterait plus dans le vent, ni ne crierait dans la bourrasque.

Le Bonheur
Facile à identifier en soi, puisqu'il n'est rien d'autre qu'un sentiment de satisfaction totale.

Un sentiment de satisfaction totale

Sarcignan

#16

« Pourtant, il n'y a rien de nombriliste à être dépressif. »

Vice

« Ils nous donnent
jamais de champagne.
Pourtant, c'est bon,
le champagne. »

Franz Bartelt

Le lendemain fut un grand jour de tempête portée par un vent brûlant

Valérie Souchon

1
Newton et la probabilité

L'homme avait un peu la forme d'une quille de bowling, avec la majeure partie du poids concentrée sur le bas du corps, qui demeurait pourtant d'une certaine façon dépourvu de substance, comme s'il était rempli de boulettes de papier journal. Ce qui devait passablement modifier son rapport à la gravité. On n'imagine pas comme ce simple lien à la terre est fondamental. Peut-être parce qu'on ne le sent pas la plupart du temps – bien qu'il se manifeste sous nos pieds et qu'il nous plaque à sa surface –, sauf cas exceptionnel, au cours d'un vol en paramoteur ou d'un instant d'extase par exemple. On y adhère, c'est tout, et l'on ne trouve personne pour remettre en cause la pertinence de la loi de Newton décrivant la gravitation comme une force à l'origine de la chute des corps et du déplacement des objets célestes, comme de l'attraction entre les planètes ou les satellites. En somme, ça ne fait pas débat. C'est assez reposant.

En tout cas, il était vraisemblable que cet homme-là avait du plomb sous les semelles, autrement il aurait vacillé depuis bien longtemps.

Car à tout moment on le sentait près de basculer d'un côté ou de l'autre de lui-même, il tanguait lorsque son corps se mettait en branle, chaque pas accompli le désaxant davantage : de fait il boitait, ce qui donnait envie de s'élancer pour le remettre d'aplomb. Ce fut cette première intention désintéressée qui relia une jeune femme qui s'apprêtait à dépasser un passage piéton quelques mètres en face, à l'*homme-quille*. Il y avait très peu de chances qu'il se fasse renverser par une boule de bowling à Berlin en plein milieu de Potsdamer Platz. Ce raisonnement rassura la jeune femme au moment où elle parvenait de l'autre côté du boulevard. Il était à peine six heures trente, l'air estival était encore doux, supportable, et les hommes d'affaires comme les touristes n'avaient pas commencé d'envahir l'avenue.

Absorbée par sa méditation, elle ne remarqua pas tout de suite que l'homme venait d'accomplir un demi-tour pour la suivre à distance. Le bruit de sa démarche claudicante sur le pavé l'alerta au bout de quelques minutes. La probabilité pour qu'elle puisse se transformer elle-même en boule de bowling restait infime. Alors, comme pour se donner une contenance qu'elle venait de perdre, elle saisit son téléphone portable dans son sac à main et commença à textoter en marchant, l'air affairé. Quand elle se sent sur le point d'être menacée, l'humanité, songea-t-elle, trouve de drôles de succédanés.

L'instant d'après, elle jeta un coup d'œil rapide en arrière, histoire d'estimer la bête. Un détail éveilla son attention : l'homme dissimulait son visage sous une large capuche, et il avançait tête baissée. Impossible de saisir son regard. On apprend l'essentiel dans les yeux de l'âme d'un être. Du

[1] Citation extraite de l'opéra bouffe *Le moutardier du pape*, Alfred Jarry,1907

moins la jeune femme en était convaincue. Elle se fia à son instinct qui lui intima de ne pas accélérer sa foulée. Car, aussi paradoxale que cette confidence puisse paraître, quelque chose en lui inspirait confiance.

2
« N'oubliez pas de l'oublier »[1]

Jacques Pote – c'était ainsi que ses amis français à Berlin l'appelaient – était pickpocket. De profession. À son heure de gloire, on l'avait baptisé ainsi pour honorer son adresse à tirer parti des poches de nombreux quidams fortunés des environs de Potsdamer Platz. Dans son biotope, il était même respecté. Comme le chasseur en milieu rural, le pickpocket avait son utilité en milieu urbain, surtout au pied des buildings du quartier des affaires de Berlin. Jacques Pote se prenait pour un régulateur social. Peu à peu le métier s'était démocratisé avec les flux aux frontières amenant en masse des concurrents acculés largement plus inventifs que lui. Il s'était mis à boire avec l'argent de son butin. Circulaient des rumeurs selon lesquelles il n'avait pas de famille, il n'eut bientôt plus de logement, puis plus rien. La rue s'habitua à sa présence : au bout de quinze ans, elle acheva de sécher son corps *(d'une certaine façon dépourvu de substance, comme s'il était rempli de boulettes de papier journal).* Une belle éternité s'était écoulée depuis son dernier vol et il ne se rappelait plus son propre nom, mais un léger accent laissait penser qu'il n'était pas d'ici.

Quand il l'avait aperçue, quelque chose en elle avait réveillé son désir de chaparder. Il était incapable de dire quoi au juste. Cette jeune femme, elle devait avoir trente ans tout au plus, légère dans sa démarche, haute comme une girafe, le regard vif et clairvoyant, l'avait aimanté. Elle irradiait et avançait comme pour se rendre à un rendez-vous amoureux. Elle venait de traverser le boulevard, et, au contact de ce corps si vibrant de promesses, Jacques Pote sentit un besoin irrépressible de la suivre. Il ne lui désirait aucun mal, non, il voulait seulement l'approcher. Pour voir ce que son sac à main ou ses poches dévoileraient de cette silhouette intrigante. Par curiosité. C'était tout.

3
C'est dans les poches des gens qu'il faut regarder

Au bout de deux ou trois minutes de filature, il la vit se retourner sur lui et reprendre son trajet en direction de Leipziger Straße sans chercher à le fuir. C'était plutôt de bon augure pour que reprennent ses affaires. Un jour avec. Quelques instants après, elle franchit l'avenue pour aller attendre un bus. Une aubaine. Il n'aurait pas à user des dernières forces qu'il venait de dilapider dans sa poursuite. Il se rapprocha de la femme qui ne laissa rien paraître, et se posta derrière elle au milieu d'autres passants silencieux : un bus se profilait au bout de l'artère, une minute plus tard au mieux elle lui filerait entre les doigts. Il devait agir vite.

Il plongea les mains dans les poches du tailleur de la jeune femme qui riposta :
– Hé ! Lâchez-moi ! Qu'est-ce qui vous prend ? Ce sont mes poches ! Xhepat e mia !
– Non mademoiselle, ces poches sont mes yeux ! Ce n'est pas dans les yeux des gens qu'il faut regarder, mais dans leurs poches, lui souffla Jacques Pote, dans une sorte d'exaltation. Et vous devriez savoir que toutes les poches des environs m'appartiennent. Everybody knows it !
– Vous racontez n'importe quoi ! Vous êtes complètement fou ! lui opposa la jeune femme avant de le repousser.

Son aplomb avait surpris le pickpocket. Plus étonnant encore et bien qu'électrique, le ton de l'échange lui avait paru intime. Tandis que le bus arrivait, l'homme se raidit et recula de quelques pas. Les portes avant s'ouvrirent : la jeune femme s'y engouffra sans se retourner, se frayant une place parmi les autres voyageurs anesthésiés qui n'avaient pas pipé mot durant l'incident.

Dans l'action, *l'homme-quille* n'avait pas prêté attention au fait qu'elle avait lancé une phrase au milieu de la conversation dans une langue qui lui semblait maintenant provenir des Balkans (en plus du français qu'il avait reconnu). C'était cela le trésor qu'elle protégeait et qui lui appartenait, sa langue maternelle ? Cette possibilité le bouleversa, sans savoir pourquoi. Mais c'était idiot, et il remit l'hypothèse dans son veston. Sous les regards en coin de quelques passants atterrés qui attendaient une autre correspondance routière (leurs sacs fermement serrés contre eux), il observa le bus s'éloigner, saisit une fiole de vodka qu'il engloutit sur l'instant, avant de repartir.

Encore plus sec qu'auparavant, il eut alors la nette sensation que le sol berlinois se soulevait sous ses pas.

4
Esmae la sublime, la céleste et l'émeraude

Durant le trajet du bus, Esmae laissa exploser sa colère le long de son corps. Elle en trembla. Elle qui avait toujours mis un point d'honneur à ne jamais la laisser se manifester, elle n'eut plus du tout envie de la réprimer. Cet homme avait réveillé un volcan. Elle pensait pourtant depuis toute petite que la colère était un chemin ouvert à la faiblesse qu'on livrait en pâture aux autres. C'est ce que sa mère lui avait dit, lorsqu'à cinq ans elle avait vu partir son père sous le coup d'une OQTF – sigle de l'arrêté-couperet contraignant un sans-papiers à quitter sur-le-champ le territoire français –, qui allait le séparer définitivement de sa famille, la laissant avec elle, sa grande sœur et son petit frère près de Lyon, où ils avaient fui en attendant que les choses se calment. Si la police avait retrouvé sa mère, si elle leur avait ouvert la porte lors de l'une de ces visites, le même engrenage de procédures d'expulsion se serait mis en marche. Les enfants, protégés provisoirement par leur âge, avaient des papiers de la préfecture pour rester légalement sur le sol français, et pour suivre une scolarité à peu près normale. À peu près, car à chaque nouvelle menace, il fallait changer d'hébergement, de squat dans les pires des cas, être mobile, et s'attendre à l'imprévu. Son père s'était fait bêtement repérer lors d'un banal contrôle de papiers un soir de novembre 2015. Il s'était trouvé au mauvais endroit. On l'avait reconduit à l'aéroport pour un aller sans retour en Albanie. Ensuite on avait perdu sa trace. On ne les considérait pas comme des réfugiés politiques, la *vendetta* qui sévissait dans son pays ne suffisant pas à les ranger dans cette catégorie de migrants. À cinq ans, Esmae apprit son statut de «réfugié économique». Comme elle ne comprit pas ce que ces termes intimidants signifiaient, et que l'on comptait en grande partie sur les enfants pour s'occuper des démarches administratives une fois qu'ils possédaient la langue de leur nouveau pays, elle se mit à l'étudier avec acharnement. Elle devint brillante, courageuse et toujours maîtresse de ses émotions. Même lorsqu'elle devait quitter subitement un cours au lycée pour aller chercher sa mère dans un lieu d'hébergement provisoire, afin de la cacher. Cette force l'avait fait pousser plus vite que les autres jeunes de son lycée. Et elle semblait ne jamais vouloir arrêter de s'élever : si elle continuait comme ça, selon sa grande sœur, elle finirait par décrocher la lune. Ça lui donnait cette allure infiniment élancée (devant laquelle les plus grands stylistes auraient pu saliver). À dix-huit ans, bac littéraire avec mention en poche, elle était polyglotte, maîtrisant parfaitement le français, l'anglais, l'italien, l'allemand, l'albanais et sa fougue. Néanmoins elle écrivait tous les jours dans un petit carnet pour s'assurer qu'elle l'enfermait bien depuis son adolescence. Elle était douée, passant d'un genre à un autre avec aisance, et à vingt ans elle avait publié ses premiers recueils. Devenue traductrice, elle se rendait souvent en Allemagne où elle avait dégoté un éditeur qui lui était devenu fidèle. Et en ce jour d'été 2040, dix ans après, elle était venue à Berlin pour discuter avec lui d'un manuscrit traduit en plusieurs langues qui allait faire l'objet d'une publication.

Au petit matin et à l'approche de cette perspective, elle s'était sentie légère ; après l'offensive du pickpocket, elle fulminait. Non pas à cause de la brusquerie du larcin, non, puisqu'elle avait déjà fait face à la violence qu'elle avait su contenir dans des squats dangereux pour les jeunes filles pendant ses années difficiles. On lui avait même proposé d'intégrer l'internat de son lycée pour la protéger, mais elle avait refusé afin de pouvoir soutenir sa famille au quotidien. Non, c'était la brutalité du langage de l'homme qui l'avait frappée : il en usait pour s'emparer des autres comme un voyou, et cette posture l'irritait. Les langues méritaient mieux, autre raison pour laquelle elle s'était très tôt passionnée d'écriture.

Elle descendit à l'arrêt de Leipziger Platz et parvint à faire bonne figure devant son éditeur. Après avoir réglé les quelques formalités qui restaient avant de lui faire signer le contrat pour la publication de son livre, il lui fit remarquer qu'elle paraissait tendue. Elle s'expliqua et l'éditeur lui conseilla de se rendre au commissariat le plus proche du lieu de l'agression manquée, pour laisser une trace préventive. Un peu réticente au début, elle se dit qu'après tout, ce n'était pas une si mauvaise idée.

5
Arti Elirjanë, « riche » et « libre comme l'air »

À son retour au quartier de Potsdamer, Esmae se rendit à pied au bureau de police, le plus proche se situant près de Keithstraße, environ deux kilomètres après Potsdamer Straße. Après qu'elle eut déposé une plainte qui serait classée sans suite, on lui demanda de décrire son agresseur. L'agent qui enregistrait son dépôt lui fit observer que cet homme était bien connu des services de police, mais qu'il n'avait pas fait parler de lui depuis un bon moment. Il se faisait appeler «Jacques Pote», bien que ce pseudonyme cachât sa véritable identité qu'il ressortit d'une vieille archive numérisée : il avait environ la soixantaine, et il était apparu en Allemagne vingt-cinq ans auparavant en tant que réfugié. À cette époque, Angela Merkel, alors première chancelière allemande, menait une politique d'accueil, au début de la crise des migrants en Europe, plutôt favorable dont il avait pu bénéficier. Deux ou trois mois après son arrivée, il avait été victime d'un violent règlement de comptes dehors qui l'avait plongé quelque temps dans le coma et, à son réveil, il avait perdu la mémoire. On l'avait rendu à la rue où il vivotait depuis tant bien que mal de ses vols à la tire. Il venait d'Albanie après un transit par la France, de son vrai nom : Arti Elirjanë.

À cette révélation du policier, Esmae Elirjanë perdit ses couleurs. Elle écourta la fin de l'entretien, prétextant un rendez-vous professionnel. Elle avait surtout besoin de reprendre son souffle : sans le vouloir, elle venait de retrouver la trace de son père exilé. Du moins, elle avait besoin d'y croire et elle irait vérifier. Avant son départ, on lui avait indiqué les quartiers qu'il avait l'habitude de fréquenter près de Potsdamer Platz : elle s'y dirigea en accélérant le pas.

Elle avait marché plus de deux heures, le soleil était en train de décliner vers l'ouest, avec un vent du sud de plus en plus soutenu, quand elle l'aperçut, couché sur un banc, l'air pas très net, une bouteille d'alcool vide à la main. À sa vue il se redressa, craignant qu'elle vînt lui chercher malice. En lieu et place elle s'assit à côté de lui et lui tendit la main, en s'adressant à lui en français, à cet endroit exact de la parole où ils s'étaient quittés vingt-cinq ans en arrière : «Monsieur Elirjanë. Arti, c'est bien ainsi que vous vous nommez, n'est-ce pas?». Jacques Pote n'osa pas répondre à son geste, il ne savait pas de quoi elle lui parlait, bien qu'il eût reconnu la *femme-girafe*, et il lui opposa qu'il n'avait pas de nom. Alors Esmae lui demanda de la regarder dans les yeux : il s'exécuta, et comme elle se vit dans son regard vert émeraude, elle ne put réfréner son émotion. C'était lui, elle en était maintenant certaine.

Lui ne reconnut rien du tout, ni l'acuité de la prunelle de ses yeux dans ceux de sa fille, ni même les clichés d'époque de sa femme et de la fratrie qu'elle lui montra quelques instants après. Quelque peu dégrisé par ces révélations, Jacques Pote lui demanda de bien vouloir lui laisser un peu de temps, afin d'essayer de se remémorer en toute sérénité. Elle le lui accorda, après lui avoir donné les coordonnées de l'hôtel où elle logeait et lui fit promettre de la retrouver le jour suivant dans une brasserie aux alentours. Il promit, baissa les yeux, conscient de l'état misérable dans lequel il se présentait et se retira aussitôt.

Le lendemain fut un grand jour de tempête portée par un vent brûlant monté en Europe depuis le Sahara. Elle l'attendit à l'heure convenue mais il ne vint jamais. Elle apprit quelques jours plus tard qu'on l'avait supposé renversé sur l'avenue proche de l'endroit où ils s'étaient rencontrés la veille (ces suppositions n'étaient peut-être que des projections de badauds). Un banal accident de la circulation en somme. Aucune trace du corps ensuite, ni d'une quelconque sépulture où se recueillir.

Esmae Elirjanë sut au fond d'elle qu'il n'en était rien. Une semaine après, dans l'avion du trajet retour qui la ramenait en France, elle ferma les yeux : elle pencha plutôt pour un coup du vent. Trop impétueux, il l'avait percuté dans sa marche, déséquilibré, il l'avait ensuite fait pivoter, provoquant en lui un ultime mouvement de balancier. De gauche à droite. Puis de droite à gauche. Avant de le libérer du sol et de la gravité. Comme une particule mise en suspension. Le corps de son père, Arti Elirjanë, *l'homme-quille* aux poches si légères et *remplies de boulettes de papier journal,* n'avait pas su résister à ses assauts.

Un regard, elle s'écrit

Claire Janet

#27

« Marinette détestait les livres, elle était pourtant devenue celle que de tout temps elle devait être, celle qui inspire l'écriture. »

Bohumil Hrabal,
Une trop bruyante solitude

Scribe, Lege... Silence

Borderlines.cie

Tu es assise, un peu rêveuse, sur le divan,
Seule, un livre à la main...
Tu ne l'as même pas regardé,
Tu soupires,
Peut-être d'ennui...
Plutôt de déception
Pressentant les trivialités de cet ouvrage
Moralisatrices
Incontestables
Qui toujours doivent faire le bonheur des vivants.

Tu as souvent le goût de la médiocrité,
Chez les autres, quand elle se revendique...
Tu en as fait un mode de penser,
Tu soupires,
D'ennui un peu...
Plutôt de soulagement
Pensant à l'état de béatitude
Spirituelle
Offensante
Que toujours te procurent tes lectures effrontées.

Tu apprécies peu la compagnie des mortels,
Tentée par une certaine misanthropie
Tu doutes au fond de l'égalité,
Alors tu soupires,
Non pas de honte,

#27

« Marinette détestait les livres, elle était pourtant devenue celle que de tout temps elle devait être, celle qui inspire l'écriture. »

Bohumil Hrabal,
Une trop bruyante solitude

Plutôt de satisfaction,
Excitée par les abysses de réflexions
Incorrectes
Provocantes
Qu'il faut surtout préserver de tous les autels.

Tu n'as pas vraiment envie de toucher ce livre,
Distraite, les mains sur tes cuisses...
Tu laisses glisser tes doigts,
Tu frissonnes cette fois
De plaisir sans doute
De soulagement aussi
Oubliant le bien, le mal et les gens
Pervers
Inquisiteurs
Jusqu'à ce que la moite jouissance te délivre.

Tu profites encore de la légèreté,
À moitié nue et inspirante...
Tu aimes te croire un personnage.
Tu souris enfin
De fierté certainement
Par malice aussi
Pour avoir repoussé ces formes de littérature
Épuisantes
Menaçantes
Qui n'ont rien à voir avec nos velléités.

Tu ne te lèves pas encore par pure nonchalance !
Tu fais bien, j'apprécie. *Scribe, Lege*... Silence.

La légèreté de l’être

Sylviane Dreuillaux Reyes

#9

« Elle aura des mains comme toi
Et pourtant combien différentes,
Elle aura des yeux comme toi
Et pourtant rien ne leur
ressemble. »

Sylviane Dreuillaux Reye

« Il semblait heureux, il avait pourtant longtemps joué dans *La Cerisaie* de Tchekhov. »

Gilles Bertin

Les trois mangoustes

Richard Huitorel

Je pense souvent aux trois mangoustes
Que Tchekhov rapporta de Ceylan fin 1890.
Les mangoustes d'Antocha je les appelle.
Plus de six cents fois j'ai joué dans *La Cerisaie*
le rôle de Firs,
le valet de quatre-vingt-sept ans,
celui que les autres oublient à la fin.
«La vie a filé, on dirait qu'elle n'a pas encore commencé»,
j'ai prononcé plus de six cents fois cette phrase
avec les larmes au bord des lèvres,
et si j'arrivais à surmonter ma tristesse
c'était grâce aux mangoustes de Tchekhov.
Un type qui achète des mangoustes retour de Sakhaline,
c'est un type qui aime rire pas vrai,
c'est un original,
c'est pas un tragédien.
Plus de six cents fois j'ai joué dans *La Cerisaie*,
et parfois je me dis que si je suis heureux
quand même,
c'est un peu grâce à elles,
grâce aux trois mangoustes d'Antocha.

Effervescence

Florence White

Virer de bord

Gabriel Henry

Il n'avait cessé de s'activer
son troisième œil tourné vers *là-haut*
quand le ciel ne fut plus qu'un parallélépipède
aux contours tremblés
auquel il était devenu difficile de boire
il a posé sa pelle contre le flanc de terre
pleine et fraîche comme chair neuve
et a entrepris de remonter
pas lentement mais
quatre à quatre, la sueur aux songes
et sans vent dans le dos

parvenu à la surface
il ne s'est pas mis à courir
il est resté immobile
et s'est penché
un peu de lumière affamée parvenait jusqu'au fond
en faisant un effort, pouvaient se distinguer
les contours du pavillon, ceux du monospace
et la silhouette inusable de Max, ce qui devait être sa
laisse dans la gueule

il sait très bien qu'en s'éloignant
l'ombre portée de son silence resserrera son étreinte
il a levé les yeux, le fil qui retenait le décor s'est rompu
longue longue longue inspiration
sa cage thoracique n'avait plus de limites
grande voile hissée
il a fini par détourner les yeux
il avait oublié
le vrai goût de l'air

#14

« Bac mention bien, des fleurs à sa femme chaque dimanche, il allait passer chef d'agence GAN. Pourtant, il a disparu le jour de ses 50 ans ! »

Alain Stromboni

Olivier Doutriaux

« Cadre » à Paris, je sors du cadre avec mon appareil. Mon terrain est presque exclusivement la « street ». Un lieu, une lumière, une scène. Un regard, une attitude, repéré ou non. Ni recadrage, ni retouche.
« *[...] le moment où je choisis de prendre une photo est très difficile à définir. C'est très complexe. Parfois, les choses me sont offertes, avec grâce. C'est ce que j'appelle, le moment juste. Je sais bien que si j'attends, ce sera perdu, enfui. J'aime cette précision de l'instant. D'autres fois, j'aide le destin...* » Willy Ronis.

Réalisations
Dimanche est la première publication d'Olivier Doutriaux

En ligne
Instagram : @olivierdout

Christina Mirjol

Christina Mirjol est auteure de romans, de nouvelles et de textes pour la scène. C'est durant ses années de pratique théâtrale qu'elle commence à écrire. Son premier ouvrage publié, *Les cris*, est créé au NTH8 de Lyon par la Cie Les Trois-Huit. Ce texte, repris à Paris et en France par de très nombreuses troupes, est fondateur de sa vocation d'auteure. Il s'agit d'un répertoire ouvert, composé au départ de quatre-vingt-dix-neuf « cris » numérotés, et qui compte à ce jour plus de deux cents fragments, dont une petite centaine est encore inédite.

Bibliographie sélective
Un homme, roman, ÉLP Éditeur, Montréal, 2020 (numérique) et BOD, Paris, 2020 (broché)
Les invitées, nouvelles, ÉLP Éditeur, Montréal, 2018 (numérique) et BOD, Paris, 2019 (broché)
Les petits gouffres, nouvelles, éd. Mercure de France, Paris, 2011 — Prix Renaissance de la nouvelle 2012
Dernières lueurs, roman, éd. Mercure de France, Paris, 2008
Suzanne ou le Récit de la honte, roman, éd. Mercure de France, Paris, 2007 — Prix Thyde Monnier 2007
Cantiga Para Ja, Place de la Révolution, théâtre, co-écrit avec Jean-Pierre Sarrazac, éd. Coimbra Capital Nacional da Cultura - Portugal, et Éditions Xerais de Galicia - Espagne, 2003
La fin des paysages, récit, éd. du Laquet, Martel, 2001.
Les Cris, théâtre-récit, éd. du Laquet, Col. Parole en page, Martel, 1999

En ligne
Site web : christinamirjol.com
Instagram : @christinamirjol

Sophie Bernier

Dans la forêt laurentienne qui borde un village de Lanaudière, au Canada, les pistes de renards et de perdrix croisent les siennes. Appareil photo en mains, Sophie Bernier erre entre les arbres en imaginant des dialogues, en inventant des séries, en rêvant du futur... pour le web et la télévision.

Travaux, expositions

Série de vidéos *Off sur le toit*, sur YouTube :
youtube.com/user/Offsurletoit/
Nouvelles littéraires *Histoires vraies d'animaux* :
histoiresvraiesdanimaux.blogspot.com

En ligne

Fantasmes interdits, les 7 péchés du confinement, Chronique dans le hors-série *Pourtant Pandémie*.

Claudine Londre

Claudine Londre réside à Paris, après avoir vécu plusieurs années en Angleterre et en Italie.

Bibliographie

L'Ombre de ma mère, roman, éd. du Seuil, 2020

Sarcignan

Je me revendique comme étant urbain, obsessionnel et « low-pho ». Mes prises de vue sont effectuées à la volée, sur le vif, sans préparation, sans mise en scène. C'est avec le travail de recadrage que je trouve (ou pas) ce que j'avais pressenti. Depuis 2019, sous un autre nom, j'écris des nouvelles (principalement SF et fantastique) pour des anthologies et des revues.

Travaux, expositions

Projet « *Le cul entre les chaises* » dans l'exposition collective « *Position libre* », Séchoir de Mulhouse, 2018
« *Séries urbaines* », Cour des Chaînes, Ville de Mulhouse, 2018
Photos en 2020 dans les revues *Le Coquelicot*, *La clarté sombre des réverbères* et en couverture d'un roman aux éditions L'inattendue

En ligne

Site web : sarcignan.zenfolio.com

Valérie Souchon

Professeure de Lettres Modernes, j'enseigne aussi le théâtre dans un lycée public stéphanois. L'écriture constitue pour moi une matière à vibrer inépuisable pour me relier aux autres. Il me plaît de travailler le langage, et particulièrement le langage poétique et dramatique, comme des matériaux capables de réagir entre eux.

Bibliographie
Encercle m'en, poème, dans Revue Méninge n°17, 2020

En ligne
Instagram : @emmadort et @effluences_ske
Confinements, Chronique poétique dans le hors-série *Pourtant Pandémie*

Claire Janet

Étudiante en lettres et musique, je m'intéresse à toute forme d'expression artistique et construis mon univers autour d'une trinité qui unit musique, poésie et photographie. C'est sans doute le jazz, avec sa possibilité d'improvisation, cette vie croquée sur le moment, qui décrit le mieux mon approche créatrice.

Travaux, expositions
Un regard, elle s'écrit est la première publication de Claire Janet

---

Borderlines.cie

Laisser libre court à la fantaisie
S'essayer un peu à la poésie
Ne pas contrarier muses et déesses
Éviter le mauvais goût de justesse
Donner surtout de la voix aux damnés
Se perdre au détour d'idées raffinées
Oublier le Bien, le Vrai et le Bon
Se souvenir que Pâris est un con
Espérer à la fin se voir sauvé
Jouir du Beau, lecteur, avant de crever.

Réalisations
Scribe, Lege... Silence est la première publication de Borderlines.cie

En ligne
Éloge (trop bref) de la virtualité, échange épistolaire dans le hors-série *Pourtant Pandémie*

Sylviane Dreuillaux Reyes

Trois pays pour une passion artistique. Née en 1989 de mère espagnole et de père français. Après avoir vécu en France puis en Espagne, obtient un master Theatre Design à Londres et travaille au Royal Albert Hall sur le ballet *Casse-Noisette*. Elle met en scène actuellement un ballet tiré de *L'Alchimiste* de Paulo Coelho pour le théâtre Echegaray à Malaga.

Travaux, expositions

La légèreté de l'être est sa première publication.

Richard Huitorel

Né en Bretagne en 1983. Mémoires d'études de lettres sur Céline et Pierre Benoit, passionné de Ford, Roth et Don DeLillo. Correspondant sportif au *Télégramme de Brest* et maintenant Parisien.

Bibliographie sélective

Dans la chambre, nouvelle, Revue Brèves n°86, 2008
Rue Orfila, nouvelle, dans *La clarté sombre des réverbères n°3*, éd. Jacques Flament, 2020

Florence White

« De moi-même, de moi, je n'ai rien à dire. Ou seulement ceci, savoir : je suis miroir moi-même où le monde se noie - ou l'univers se voit - où n'importe quoi se regarde, n'importe qui. » Marcelle Delpastre, *Cinq heures du soir*, Éd. de Borée.
En Creuse, où je suis posée depuis 25 ans, j'arpente les chemins et je regarde. Je capte l'impression. Sans jamais y parvenir tout à fait.

Travaux, expositions

Effervescence et *Insecticide* sont ses premières publications.

En ligne

Site : chorus23.canalblog.com

Gabriel Henry

Gabriel Henry est né en 1986. Il a publié dans de très nombreuses revues de poésie avec également des traductions vers l'anglais et le roumain, dans des recueils collectifs de poésie, ainsi que des textes courts.

Bibliographie

Chair-ville, poésies, éd. de l'Atelier de l'agneau, 2019, sélection Prix CoPo des lycéens 2020

En ligne

Site web : djibhry.tumblr.com
Instagram : @gb_hry / Facebook : @gabrielhenryauteur

2

Fuites

Bon anniversaire

Sophie Bernier

#23

« Il était mort, pourtant. »

Michael Connelly, *Le Poète*

#8

« Pourtant, pas la peine de se baratiner : la vie était bien plus intéressante avec la coke que sans. »

Virginie Despentes, *Vernon Subutex*

Trace et nocturne

Thomas Pietrois-Chabassier

Regretter quelque chose, parfois, dans les nuits, les idées, et l'idée des idées, et tout ce qui venait, sans lenteur, sans passer par nulle part, juste un peu, directement, comme ça, dans les yeux, dans les doigts, les mots sur le clavier, l'écriture de toutes les heures passées, l'écriture infernale, l'écriture matinale, parfois, quand tout s'étire, et quand les nuits s'étirent, et puis quand tout s'effondre, là, dans les doigts, au cœur, et dans les cheveux, dans la lumière, et tout ce qui renvoie, et tout ce qui s'efface autour de soi, et se cacher de tout, des autres, de son corps, et des mots, et des mots qu'on aimait pas plus tard que la veille, et la nuit qui s'éloigne, le sommeil impossible, et les yeux tout brûlants, et le besoin d'aller, partir, s'en aller sans bouger, les cauchemars, prisonnier quelque part sur un lit, sous le petit Velux, pendant que les autres années des foules, dehors, s'écoulent comme la vie, parfois, et partir de son cœur, des images qui reviennent, et qui troublent, désespérant déjà le régiment de soi, de son double endormi, de son maître envolé, et font tout taire en soi, tout s'échappe, tout se creuse, tout se crie, tout se pleure, et parler, mais parler devant soi, être seul, et plus tard, et toujours, et revenir encore, à la veille, et aux mots, au clavier et aux doigts, et revenir encore, aux mots qui s'écrivaient tout seuls, peut-être, et revenir à ces formes de joie, et combler, se combler, là, encore, de quelque chose de perdu comme de soi, au fond de toutes les nuits, sans trop savoir pourquoi, au fond d'un couloir sombre et vide, sombre et long, vivant, triste, et défait, assis sur un grand tabouret, et croyant quelque chose, persuadé, que tout s'écrira là, que tout s'écrit ce soir, que tout s'écrit maintenant, et de l'eau, et de l'eau, et des mots, des idées, des mots, de l'eau, de l'eau, des mots, des idées, pour demain, pour maintenant, et des idées partout, et des idées tout le temps, et des idées jusqu'à s'en épuiser, comme ça, avant de se jeter quelque part dans la nuit, sur un lit, encore, et sur un lit, toujours, sous le petit Velux, et continuer encore, et prendre rendez-vous, dans deux jours, dans trois nuits, au moment le plus sûr, pour un autre matin, sans craindre rien des choses et du monde des choses et d'un monde sans rien et sans mots, sans lendemain certain, et attendre ce jour, et espérer cette nuit, et continuer encore, ne rêver que de ça, de ce moment, encore, et de cette nuit, déjà, et de l'eau, et de l'eau, et des mots, et des mots, et quelques mots encore, plus qu'une heure, la lumière vient déjà, et encore, tout est blanc, et encore de la nuit, et encore, les bougies, et encore, les voisins qui regardent depuis leur grand balcon, se cacher, continuer, et les mots, et encore, et les mots, toujours plus, et encore, et chercher, les honneurs qui reviennent, de plus loin que de soi, et les ombres qui viennent, et celles qui reviendront, et encore, de la grâce dans les doigts, et de l'eau, et des mots, des idées, dans la nuit, jusqu'à s'en effondrer, et se morfondre encore, épuisé, épuisant tout de ces mots rapides, de la veille, de demain, sous le petit Velux, et oublier encore, et oublier, toujours, jusqu'au prochain matin, jusqu'au matin qui vient, se remettre toujours, et oublier encore, l'eau, les yeux, les doigts, le sang, et les battements du cœur, et l'ordre des idées, qui jaillit toujours plus, à chaque fois, et au fond d'un couloir, long et sombre, long et noir, avant que tout, avant que tout s'effondre, et avant qu'ils reviennent, peuples, foules et journées, habitants du ciel blanc qui revient condamner par le petit Velux, et le sang, et toujours, et encore, de semaine en semaine, oublié, retrouvé, oublié, revenu, oublié, prisonnier, et puis ne plus marcher, et puis ne plus rien dire, et puis fuir, et trahir, et encore, et crier, le silence, et crier, sans écrire, sans les doigts, sans les yeux, sans idées, étalé sur un lit, sous le petit Velux, sans plus de force, et sans joie, sans plus rien, et revenir, encore, et rêver d'avoir plus, se jurer d'arrêter, mais ne jamais pouvoir, et le ciel est tout noir, et l'on peut se cacher, au fond du grand couloir, recommencer toujours, sans jamais s'arrêter, rêver, de ça, encore, ne jamais s'arrêter, une vie passée à ça, et là, sur le grand tabouret, de l'eau, de l'eau, dans les doigts qui savent tout, et les doigts qui écrivent sans jamais s'arrêter, sans jamais s'essouffler, et continuer comme ça, jusqu'au fond de toutes les nuits possibles, sans jamais respirer, et de l'eau, des mots, de l'eau, et continuer comme ça, jusqu'au fond, achever quelque chose, pour toujours, à jamais, des idées, et des mots, des mots bien ordonnés, tout bien rangés à côté de son corps, et tout quitter encore, et tout quitter comme ça, et tout quitter pour ça, pour cette fois, dans la nuit qui revient, dans la nuit sans matin.

No

Regard d'enfant

Yannick Duc

#6

« C'est l'histoire d'un pays où il faut acheter les mots pour pouvoir les prononcer. Le petit héros de l'histoire, peu fortuné, ne dispose que de très peu de mots. Il aimerait pourtant déclarer son amour à la jolie Cybelle. »

Agnès de Lestrade, *La grande fabrique de mots*

Short trip

Laura Sanchez

Prendre un bus pour San Sebastian dite *Donostia* en basque. Enlacer l'ami qui attend sur le quai de la gare routière. Consommer des *pintxos*[1] et de la bière avant de franchir les portes du *Museo del Whisky*, un bar terriblement kitch, doré du sol au plafond. Regarder les mains du pianiste qui se promènent avec dextérité sur les touches et discuter en sirotant le cocktail à base de gin et de mûre, orné de fruits confits. Embrasser l'ami passionnément. Échanger des baisers comme jamais auparavant. Rentrer à l'hôtel sous la pluie. S'embrasser dans l'ascenseur, dans le lit, toute la nuit. Céder au désir difficile à assouvir car l'ami a des problèmes d'érection; il est excité, il désire mais réfléchit trop. Il a peur d'être jugé. Comprendre, rassurer. Réussir finalement à baiser de façon désordonnée. Être à l'aise même si on n'est pas épilée ni des jambes, ni du sexe. Dormir dans l'étreinte de l'autre.

Sortir du lit un peu avant midi. Prendre une douche pour laver le corps du bazar de la nuit. Laisser les serviettes humides sur le lit défait. Quitter le charme de la chambre au mobilier épuré, parquet ancien et balcon donnant sur la place. Acheter des croissants en chemin, les croissants espagnols enduits de miel. Arriver à la plage. Faire la promenade jusqu'au bout du quai. S'installer sur la muraille, d'abord assis puis allongés comme des lézards au soleil de midi. Écouter le remous de l'océan d'un côté et voir la montagne enneigée de l'autre. Entre les deux, la ville, la

#3

« J'ose dire pourtant
que je n'ai mérité
Ni cet excès d'honneur
ni cette indignité. »

Jean Racine

[1] « Tapas » en basque.

belle ville de San Sebastian. Respirer l'air de la côte en se laissant bercer par les vagues et la rumeur des passants. Converser sans cesse. Contempler le soleil qui disparaît derrière un nuage. Se laisser guider vers un restaurant que connaît l'ami. Être accueillis par des serveuses d'origine latino-américaine, petites de taille, plus petites que moi. Regretter de ne pouvoir photographier le visage poupin de celle qui s'occupe de notre table. Rentrer à la maison de l'ami, saluer sa mère sur le départ pour le travail. Elle me rappelle l'actrice espagnole Carmen Maura. Se retrouver seuls. Boire un thé pour digérer. Faire une sieste et coucher avec lui. S'habiller et aller au musée en passant par la promenade du bord de mer. Arriver à temps pour voir les derniers rayons de soleil. Visiter le musée qui reconstitue l'histoire de la région depuis la préhistoire jusqu'à nos jours. S'émouvoir de clichés en noir et blanc révélant des fêtes de villages, des joueurs de pétanque, des scènes de la vie rurale, en somme, la beauté du peuple basque. S'arrêter devant une projection vidéo qui traite du bombardement de Guernica et du désarroi des républicains face à l'immobilité des alliés qui, au sortir de la Seconde Guerre mondiale, avaient pourtant promis leur aide pour libérer l'Espagne du joug franquiste. Traîner dans le centre historique, couverts de pluie. Tomber d'abord dans un bar populaire au jambon de basse qualité. Partir à la recherche de jambon de qualité qu'on appelle *jamón iberico*. Sur le chemin, trouver une boutique colombienne et manger pour la première fois (en dehors de la Colombie) un vrai *buñuelo*[2]. Avoir l'impression d'être à la maison, le temps de quelques bouchées. L'impression s'efface et laisse place à celle de n'être jamais réellement chez soi. Être métisse, c'est être nécessairement déracinée, surtout quand les deux parents viennent de pays étrangers à celui où l'on est née. Trouver du délicieux jambon et autres pintxos dans un bar à touristes conservant cependant des traits traditionnels (on jette cure-dents et serviettes en papier par terre et le paiement est basé sur la confiance). Commander de la bière malgré le sentiment de boire trop parfois, sans se prétendre non plus alcoolique. Aborder le sujet, le grand sujet, du vide existentiel. Poser des mots sur le senti-

[2] Beignet frit, à base d'un mélange de farine de maïs et farine de manioc.

ment de but jamais atteint, de sens jamais trouvé. Écouter les paroles de l'ami qui se veulent rassurantes. L'ami est né en novembre 1987 et je suis née en novembre 1997. Nous sommes tous deux scorpions. Se rendre au cinéma. Demander une petite ration de pop-corn sucré et découvrir qu'en Espagne, du moins au Pays basque, on ne sert que du pop-corn salé. S'installer tout à fait au fond de la salle. Attraper la main de l'ami qui la donne sans envie. Rentrer sous la pluie. Casser la fermeture éclair de la robe en la retirant. Être trop épuisée pour se faire du souci. Accepter que les choses s'usent. Mettre le pyjama.

Sortir d'un sommeil lourd. S'installer sur le canapé, encore en pyjama. Écouter une composition à la guitare écrite par l'ami qui est assis sur l'autre canapé. Ôter la guitare de ses mains, s'asseoir à califourchon sur sa taille et devenir l'instrument. Laisser les mains saisir les hanches et les balancer dans un sensuel va-et-vient. L'ami n'a plus aucun problème d'érection. Se presser vers la chambre. Laisser la porte entr'ouverte. Le laisser baisser mon pantalon de pyjama et mon slip dans un geste brutal. Ne pas dire que je ne suis pas prête par peur de le couper. Avoir mal car il doit forcer pour entrer mais être trop excitée pour lui dire d'arrêter. Baiser de manière sauvage, debout, en prenant appui sur le lit. Gémir. Se cambrer pour recevoir et donner du plaisir. S'enfoncer dans les couvertures et pleurer à chaudes larmes tandis que l'ami se douche. Il n'a pas attendu pour aller à la douche, il s'est retiré, a déclaré qu'il ne sentait rien et pris la direction de la salle de bain. Il n'y a pas eu de gestes de tendresse, ni de conclusion. Regarder le temps gris et la pluie derrière la fenêtre de la chambre. Sécher les larmes et faire semblant de s'être endormie quand l'ami revient. L'ignorer en allant me laver à mon tour. L'eau est chaude, il n'y a pas de tapis de bain. S'habiller, se parfumer, faire peau neuve. Sortir. Croiser sa mère qui revient du travail, lui dire au revoir pour de bon. Demander un baiser à l'ami dans l'ascenseur. Sentir le cœur qui se serre et l'ego qui s'indigne face au refus de l'ami. Marcher le long du fleuve, sous le parapluie. Entamer le débat sur la frontière entre amitié et amour, la sexualité libérée et l'absence de sentiments. S'accorder sur un point : nous ne sommes pas amoureux. Être fermement convaincue que l'absence de sentiment amoureux n'exclut pas la tendresse. Dire à l'ami l'incompréhension devant le passage de la passion à l'indifférence, en moins de quarante-huit heures. Écouter l'explication de l'ami. Faire un réel effort de compréhension, en mettant de côté son propre ego. Admettre que l'on s'était trompée à son sujet, qu'on ignorait qu'il est en réalité dépourvu d'affection, de *cariño*. Seule une poussée d'hormones peut le rendre affectueux le temps d'une nuit. Il avoue. Finir sur cette note douçamère.

Fuite

Michel Daumergue

#25

« Je traversai pourtant sans désespoir excessif la période des fêtes. »

Michel Houellebecq

J'ose toujours pas

Jacques Cauda

#23

« Il était mort, pourtant. »

Michael Connelly, *Le Poète*

Pourtant, pas la peine de se baratiner : la vie était bien plus intéressante avec la coke que sans.

Mais j'avais décidé d'arrêter. Et j'étais bien paumé. À siffler de la bière en regardant la télé. Demain j'irai acheter du vin. Du vin ordinaire qui me conduira à approfondir. Quoi? Savoir où elle est déjà? Je la retrouve couchée avec *what?* écrit au feutre sur le sol de la salle de bains. Ceci nous amène au cœur du problème. Elle dort. Ses bas font le serpent dans le panier à linge. Serpents qui dégueulent. Je les respire. C'est elle tout craché. Demain elle écrira *chicken soup*. Ou *nude in blackface*. Des conneries. Ou pas des conneries. Je retourne à la télé.

Ça me rappelle des trucs. Des phrases comme : «On l'a dit un jour.» Ou alors : «Il ne fait aucun doute.» J'ai pas eu le temps d'aller chercher du vin. Quand elle s'est réveillée. J'ai fait semblant de dormir. Je l'ai vue regarder la ville par la fenêtre. Avec tous les autres en face qui mataient son cul. Quand elle est partie, j'y ai pensé, une pensée qui marque, presque trop visible. Avant qu'elle ne revienne, j'ai écrit *a new miracle* devant la baignoire.

La vie passe. Et j'ose toujours pas. J'ai envie de lui dire tout ce qu'elle n'est pas. Je cherche. Je pourrais dire une rumeur transmissible à l'infini. Je pourrais dire qu'elle n'est pas belle des bras. Qui sont trop maigres. Pas des mains aussi. C'est pareil. Mais je lui dis : t'as vraiment un cul. Je mens. J'invente des fausses lumières pour cacher des vraies obscurités. Et je garde mes chaussons pour aller chercher du vin. Quand je rentre, elle a écrit *tulips and snow.*

À la télé, il y a une grosse qui chante *Entre nous c'est la vie qui s'en fout.* Je me branle en l'écoutant remuer son gros cul qui glousse. D'ordinaire je ne termine pas devant la télé mais là je pars avec les autres qui dansent derrière elle. C'est bon avec le vin. *Give comfort to the poor.* Quand elle rentre, elle balance ses pompes vers moi dans un geste de footballeur.

Je quitte pas mon canapé. Qu'est-ce qu'elle croit ? Que je vais lutter contre mon absence ? Télé. Jeux du midi. Sieste. Puis les chansons à jouir. Il n'y a plus de vin. Je dis tout haut une phrase à la con : nous sommes nos chaussures, nous sommes le vent. C'est marrant, c'est comme hier soir. *Bubble gum test* avec son rouge à lèvres sur le miroir de la salle de bains.

Il y a beaucoup de gens qui ont peur. Peur des rats, par exemple. Moi, je peux tuer un rat. Même là sur le canapé avec le rat assis à ma place. C'est si facile. Comme avec elle. *Lovejoy street!* j'ai écrit.

Je passe ma vie à m'écouter. Et à lui écrire. Des conneries dans la salle de bains. Heureusement, il y a la télé qui donne les histoires des autres. Aujourd'hui le mari de la fermière bien roulée qui montre ses seins géants. C'est bon ! Je lui laisse un *Mother and child* évocateur. Elle, rien. Que dalle ! Elle n'écrit plus rien. Je désole...

Il y en a qui disent : « Je viens d'ailleurs ! » Moi non plus, je viens d'ici. Là où je ne bouge pas. J'attends. J'attends mon avis sur ce que signifie « rien ». Puis je regarde mes chaussons. Et quand j'en ai assez j'écris avec son rouge à lèvres dans la salle de bains : *Comfort to the poor (bis).*

Il ressort de ce qui précède qu'elle est partie sans même me dire au revoir. Partie pour de bon. *Last toast.*

Pourtant petit cœur tu sais bien que maintenant je vais reprendre la coke.

Sophie Bernier

Dans la forêt laurentienne qui borde un village de Lanaudière, au Canada, les pistes de renards et de perdrix croisent les siennes. Appareil photo en mains, Sophie Bernier erre entre les arbres en imaginant des dialogues, en inventant des séries, en rêvant du futur... pour le web et la télévision.

Travaux, expositions
Série de vidéos *Off sur le toit*, sur YouTube :
youtube.com/user/Offsurletoit/
Nouvelles littéraires Histoires vraies d'animaux :
histoiresvraiesdanimaux.blogspot.com

En ligne
Fantasmes interdits, les 7 péchés du confinement, Chronique dans le hors-série *Pourtant Pandémie*.

© Louis Villers

Thomas Pietrois-Chabassier

Né en 1986. Écrit pour la musique, la poésie et la télévision.

Bibliographie
L'Évangile selon la nuit - Revue Saint Ambroise n°45, 2020
Une enfance, Revue Saint Ambroise n°43, 2019

En ligne
Poèmes dans Remue.net :
D'un rêve, 2019
Sur la rive endormie, 2018
Nouvelles, dans le hors-série Pourtant, Pandémie, 2020 :
Quelque chose qui ne fait pas dimanche
Tandis qu'ils dansaient

Yannick Duc

Yannick Duc vit dans le Gers et photographie partout.

Travaux, expositions
Regard d'enfant est la première publication de Yannnick Duc.

En ligne
Sécheresse, photographies, dans le hors-série *Pourtant Pandémie*

© Chuuutes

Laura Sanchez

Née à Toulouse, d'un père basque espagnol et d'une mère colombienne, je me trouve ainsi à la frontière de trois cultures. Aujourd'hui âgée de vingt-deux ans, je poursuis des études en sciences humaines et politiques en parallèle desquelles je m'adonne à la danse et à l'écriture.

Bibliographie
Short trip est la première publication de Laura Sanchez.

Michel Daumergue

Études d'arts plastiques pour découvrir les possibles, et en ai fait mon métier. Photographie et peinture. La ville fournit des occasions multiples par leurs architectures et lignes géométriques, leurs couleurs, l'animation des rues, les murs et les personnages au gré de rencontres. Transfigurer cette réalité y compris dans ses aspects les plus banals dans d'autres pratiques plus plasticiennes permet d'élargir mes recherches et de me rapprocher de ma pratique picturale.

Travaux, expositions (sélection)
Lauréat concours *La Lumière* Fisheye Magazine/Nikon, 2018
RDVI, Strasbourg, 2014, 2016, 2017 et 2020
Histoires de murs, Les Réservoirs, Limay, 2019
Toyage, Galerie Têt' de l'Art, Forbach, 2018

En ligne
Dans Paris, j'erre..., série Corridor Elephant Gallery, Janvier 2020

Jacques Cauda

Jacques Cauda est peintrécrivain, cinéaste jadis. Artiste polymorphe, il écrit le corps comme le cyclostome élégant écrirait s'il écrivait. Autrement dit, il s'enroule autour des mots en tenant la vie par les lèvres. Il est directeur de la collection La bleu-turquin chez Z4 éditions.

Bibliographie
Moby Dark, roman, éditions L'Âne qui Butine, 2020
Profession de Foi, récit, Éditions Tinbad 2019
LA TE LI ER, essai, collection « Diagonale de l'écrivain », Z4 Éditions, 2018
L'amour la jeunesse la peinture, nouvelle, Éditions Lamiroy, 2018
Comilédie, roman, Éditions Tinbad, 2017
Ici le temps va à pied, poésie, Éditions Souffles, 2017, prix spécial du jury Joseph Delteil

3

D'autres écrivent

Les jours barbares

Nouvelle de René Frégni

La maumariée

Photographie d'Éric Zeziola

© Frédérique Marie Miñana

J'ai passé ma journée à refendre des bûches, sous les quatre grands chênes devant la maison. Ma petite chatte était assise à côté, ses yeux bleus et ronds suivaient chacun de mes gestes. Quand mes épaules étaient plus dures que le bois, je m'appuyais sur la hache et nous échangions quelques mots.

Autour de nous la lumière n'avait jamais été aussi belle. Les prés sont déjà d'un beau vert très gras, piqués de géraniums sauvages et de minuscules myosotis. Plus bas, vers le village, les flaques blanches des pâquerettes éclairent le chemin, les épervières allument mille soleils sur les talus. Les collines ont encore leur fourrure de renard.

Il y a trente-six ans je travaillais dans un hôpital psychiatrique de Marseille, mon corps se couvrait d'eczéma, mes mains, mes bras, mon dos... Un matin je ne suis pas retourné à l'hôpital, je suis parti vers les collines. J'ai posé mon sac dans un minuscule cabanon abandonné.

J'ai ouvert un cahier et je me suis mis à écrire, sous une tonnelle bourdonnante d'abeilles, dans une odeur de miel et de genêts. Je n'avais pas un sou. Huit jours plus tard mes mains étaient propres, mes bras aussi. L'eczéma avait disparu. J'avais récupéré mon corps, ma tête, mon temps. J'étais pauvre et libre. Ma vie enfin m'appartenait. Il y a trente-six ans que j'écris chaque jour, que je marche et que je fends du bois. Il y a trente-six ans que j'évite mes semblables.

Si je n'avais pas deux filles, une femme dont je rêve et trois vrais amis, je penserais que l'homme doit disparaître le plus vite possible de la surface de cette terre. Il a fait tellement de mal...

En quarante ans, nous avons massacré soixante pour cent des vertébrés et nous ne sommes qu'au début de la sixième extinction de masse, la première attribuée à l'homme, l'anthropocène disent certains... Nous avons massacré les baleines, les aigles et les faucons pèlerins, le cheval sauvage de Mongolie, le daim de Mésopotamie, nous avons traqué en jeep l'onyx, aux confins du désert, exterminer les derniers rhinocéros de Java, l'ibis du Japon, la grue blanche américaine, les petits paresseux sont au bord de l'extinction. Nous écrasons tout ce qui est vivant, pour notre jouissance ou pour entasser dans des caves blindées des pyramides de billets de banque.

Partout la main de l'homme, l'œuvre de l'homme. Les vrais rapaces, c'est nous ! Nous avons appelé ces massacres la civilisation. Nous succomberons, broyés par cette civilisation.

Coronavirus... Serait-ce le début de la fin ? Nous avons dominé la rage, la poliomyélite, la fièvre jaune, dominerons-nous cette fièvre de l'argent, de la possession, du profit, cette maladie contagieuse du pouvoir, cette certitude que nous sommes plus intelligents que tout ce qui est vivant autour de nous, les forêts, les rivières, les océans, l'air et tous les animaux qui sautent, rampent, volent.

Je suis agnostique, je n'ai jamais mis les pieds dans une église sauf quand elle était très belle, qu'il faisait très chaud. Je ne crois pas au châtiment divin, à la punition dernière, à l'expiation. Je crois à une réaction cosmique, une saine réaction. Une réaction non préméditée, ni religieuse, ni vengeresse, le début du soulèvement de tout ce qui est vivant, face à notre impérialisme cynique et aveugle. Le virus de notre toute puissance a fait mille fois plus de dégâts, de souffrances, de morts que ce pauvre coronavirus. Nous sommes, sur cette terre merveilleuse, l'espèce la plus criminelle, la plus prédatrice, la plus dangereuse. La vie lentement s'écarte de nous, se méfie de nous, sécrète ses anticorps dans les profondeurs des racines et les molécules de l'eau, de l'air.

Le mot virus vient de venin, poison. Nous sommes le venin et le poison, nous sommes la contagion. Nous nous sommes pris pour les dieux de cette planète. Tout ce qui tentait de vivre nous l'avons méprisé, mis en esclavage. Chacun de nous est l'égal d'un figuier, d'un caillou, d'un ruisseau, d'un ver de terre. Nous avons besoin du ver de terre, il n'a pas besoin de nous. C'est un infatigable laboureur qui travaille jour et nuit pour qu'explose la vie, comme les abeilles, les hérissons, les oiseaux et les nuages.

Le coronavirus est peut-être notre dernière chance. «Il lui avait inoculé le virus redoutable de la vertu.» écrit Victor Hugo. Puisse ce virus nous contraindre à cette vertu. Nous avons quelques mois pour ouvrir les yeux, pour nous rendre compte que dans les banques il n'y a rien, que les vraies richesses sont autour de nous, ces géraniums sauvages, ces bourgeons qui éclatent partout, cette lumière unique qui n'existe nulle part ailleurs. Le paradis est partout. Nous y sommes.

La seule intelligence, c'est la vie. Tout ce qui pousse vers la mort est bête, les guerres, la frénésie de l'argent, notre consommation effrénée, la lumière morte de nos écrans, les bonheurs virtuels, l'ère du plaisir instantané. Ce n'est pas le virus qu'il faut combattre désormais mais notre rapacité, notre démence qui nous ont éloignés des rivières car nous leur préférions les fleuves d'argent.

Notre vie nous appartient, notre corps nous appartient, notre temps si précieux nous appartient. Chaque jour depuis trente-six ans j'écris le mot gare et je monte dans un train qui n'existe pas. L'imagination ne consomme aucune goutte de kérosène et m'emmène tellement plus loin. J'ai passé ma vie à lire, écrire, marcher, rêver, fendre du bois et caresser la tête d'un chat.

Je vis de presque rien et rien ne me manque. J'ouvre les volets le matin, tout est sous mes yeux, l'herbe pailletée de rosée, la brume rose et verte à l'est, les amandiers couverts d'une neige de fleurs qui éclairent les collines. Ma journée sera semblable à celle d'hier, celle de demain. J'aimerais que cela dure encore mille ans, je ne m'ennuie jamais, je n'ai besoin que de douceur et de beauté.

Je sais pourtant que la mort rôde dans les rues de chaque ville, pousse des portes, escalade à pas de loup des escaliers, se glisse sans bruit dans les maisons des hommes. Quand je pousse mes volets, je ne vois que le printemps, insouciant, jeune à nouveau, lumineux, si heureux de vivre, ivre de sa beauté. Chaque chose est à sa place, la nature est sereine, modeste, équilibrée. Nous nous sommes octroyé une place démesurée et le droit de tout détruire, de tout saccager.

Nous n'avons que quelques mois pour regarder le printemps, écouter le printemps, marcher dans le printemps. Nous n'avons que quelques mois pour entrer dans l'été et vivre comme les oiseaux, les feuilles, les nuages et les vers de terre. Nous ne sommes pas en guerre. Nous devons tuer la guerre. Nous devons nous ranger du côté du printemps, de la beauté, sinon nous serons balayés et la terre se refermera sur nous, nous oubliera pour ne se concentrer que sur la vie et les saisons qui passent. Nous n'aurons été pour elle qu'un simple virus parmi des millions d'autres, dans ces milliards d'années.

Il y a trente-six ans, j'ai fait un choix. Je vais descendre fendre mes bûches, caresser la tête de mon chat et j'irai marcher un peu dans la colline, au moins, si je pars demain, j'aurai profité du printemps.

Pourtant

Poèmes de Florentine Rey

Les cathédrales,
Pourtant pas seule,
Une flamme que le vent

Photographies de Patricia Weibel

Les branches de l'hiver à l'orée emmêlées dans le calme la présence des chevaux chats et chiens sous le même toit par la fenêtre le coq épèle le nom du jour pourtant pas l'heure de se lever.

Crise de moyenne pas d'enthousiasme on pousse les techniques de nettoyage en particulier les yeux pourtant jamais entier dans la confiance on voudrait sans vague au large on voudrait cette mort ou cette naissance là.

On parle au coin d'une bougie dans le lit on retient la température une flamme que le vent que la nuit que l'orgueil la honte l'égoïsme le sien et celui des autres n'ont pourtant pas réussi à éteindre.

Les jours de nerfs trop vifs on dort dans le marécage on fonctionne humide et sans socle pourtant on bâtit encore des cathédrales.

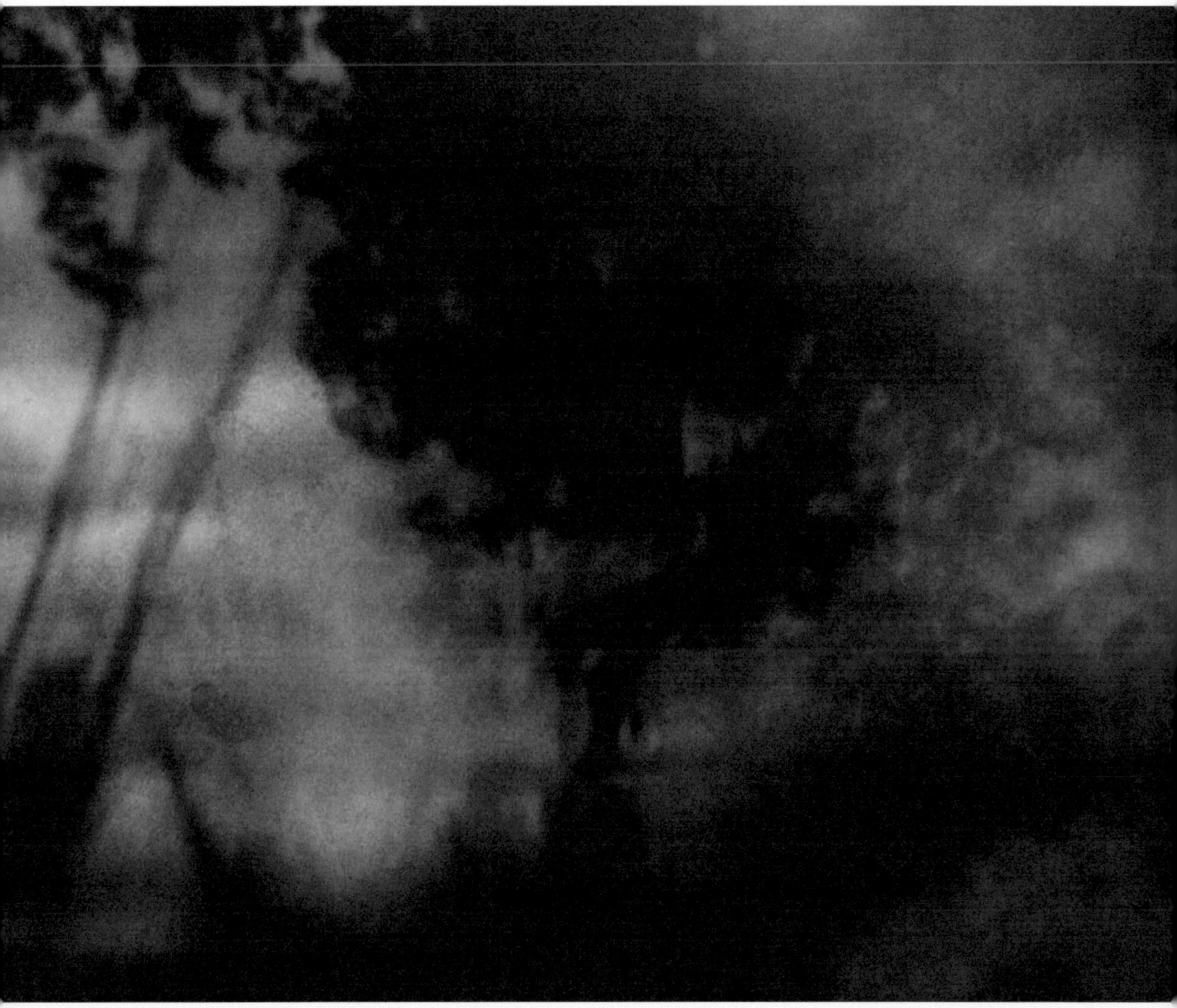

En retard au solstice on signale un corps à resynchroniser d'urgence on enlève vieillir sur la peau en douce on efface pourtant c'est beau la trace du temps l'émotion sur nos corps vivants.

Réfléchir en dehors du regard comment surgir à la première personne être quelqu'un quelque chose ou rien comment perdre le sujet s'effacer dans le neutre hors de soi et pourtant rester soi ?

Dans la salle de bain j'écris seule assise au bord pourtant pas seule car d'autres écrivent assises au bord j'écris avec toutes celles qui se cachent ou cherchent la lumière.

Le merle blanc

Récit de Derek Munn

Photographies de Löetitia Léo

«Le merle blanc existe, mais il est si blanc qu'on ne le voit pas, et le merle noir n'est que son ombre.»
Jules Renard

«Il me semble me mouvoir dans le vide, fouler un sol aride, ébouleux pour atteindre quelque chose qui se trouve – ou ne se trouve pas – à une distance indéterminée qu'il faut franchir pour que la rencontre ait lieu – ou non.»
Pierre Bergounioux

Écoute.

Une fenêtre sur une fenêtre sur une fenêtre sur...

C'est quoi que tu fais exactement ?

Un éclat blanc, puis une dégringolade de verts ; une même couleur qui mue, frémit, crépite, soupire, glisse ; un sens d'évacuation, de perte, d'après, d'un jour indécis, d'un ciel comme une paupière demi-close, d'un bruit dense, mat, en sympathie avec le silence ; d'une terre comme une fatigue, ses rougeurs des taches sur une vieille peau blême.

Tout est la même chose, uni dans la différence. Le temps est vieux, comme à son commencement. C'est une histoire déjà bien avancée que j'essaie de m'approprier. Elle ne sera jamais entièrement la mienne. Je ne saurai pas la fin.

Chaque image est un seuil, chaque pas crée une familiarité. Si je progresse, c'est dans l'illusion de progresser, si le chemin part ou s'il revient, je l'ignore, pour mes pieds le sol est une hypothèse, ils battent l'air avec juste assez de résistance pour me maintenir à une altitude d'une vingtaine de centimètres – c'est une précision onirique, une sensation fluctuante, comme marcher sur l'eau. Ici tout a l'air sec, je ne suis soutenu par rien. C'est une imposture rassurante, ce rien.

Est-ce que tu habites toujours la même maison ?

Je vois les arbres avant leur arrivée, leurs silhouettes s'approchent sur un horizon abstrait. Ils viennent sans menace, ce n'est pas une armée, on dirait plutôt des survivants, des réfugiés. Ils convergent vers ce lieu qui est fait de ce qu'on lui apporte, de ce qu'on lui trouve dans son regard, dans son corps. Chacun s'y approche par son propre chemin, ce chemin est aussi unique que multiple, il part dans tous les sens, comme mes pas qui glissent sur les aiguilles de pin, provoquant un crissement qui semble être le cri de l'esprit desséché de ces terres. Sauf que parmi les essences ici le pin est absent. C'est sur la peur de marcher sur tes doigts que je dérape, ce sont les jointures que j'entends craquer.

Écoute.

Regarde.

Tu es assis à côté de la fenêtre, tu viens peut-être de te réveiller, tu sembles confus, je détecte un début de panique, tes membres se raidissent, chacun esquisse une réaction indépendante, puis tu te rends compte, je ne sais pas de quoi, tu te détends, tu lèves une main, effleures la broussaille de tes sourcils. De ma présence tu n'as qu'une perception intermittente. Nous ne sommes pas dans la même image.

Plusieurs strates de conscience sont possibles.

Tes questions, mes réponses, il y a trop de mots dans mes yeux, trop d'images qui bifurquent. L'ocre rouge, le calcaire ; gerçures des mains-terrains qui me guident sur les coteaux avec la douceur d'un regret ; tes bras-murets s'allongent pour m'abriter, ils retiennent la pente, attrapent les ombres.

Les arbres se regroupent, je les suis, nous descendons ensemble vers la gorge, nous nous tenons la main, je suis un enfant jusqu'au moment où le chemin fourche, puis j'ai envie de marcher seul, d'expérimenter l'humus, évaluer les sensations d'écorce, d'y enfoncer les ongles. Petit à petit l'herbe s'efface ; timide, gênée, elle ne sait pas quoi faire de sa couleur, elle laisse le choix au ciel qui ne se prononce pas, trop occupé lui aussi par ses propres doutes.

Est-ce que vous avez un jardin ?

Une fois dans la forêt celle-ci n'a plus de contour, sous les branchages il y a une lumière vieillie, un silence vigoureux. Personne ne parle, il y a seulement des voix; diseurs, contrediseurs; le je est un moi instable, il garde sa distance, me sourit, mais s'infiltre dans le flux de l'être comme une ombre dans une image. Ce lieu est habité par un pronom qui manque, une voix totale qui ne raconte ni ne se raconte mais qui est. En nous incluant il nous exclut, nous impose de respecter certaines règles que nous savons sans valeur. Je pense Hansel, Gretel, nous sommes les enfants en même temps que les adultes qui veulent nous perdre, on se perd, je suis perdu, nous sommes moi, un doute qui ne sait se conjuguer.

Les arbres nous entourent, mais je sens que leur compassion est fatiguée, une aura étrange émane de leur densité, leur silence se resserre, ils font de la lumière une émotion. Je suis sûr qu'ils possèdent le pronom inexistant qui me manque, mais je n'ai pas accès à leur langue, je ne peux que les affubler de défroques humaines. Je les imagine sur le lieu de leur dernier combat, dans les moments de l'ultime résistance. Mais est-ce que c'est de la résilience ou de la résignation qui densifie l'atmosphère ? Puis, est-ce que c'est la leur ou la mienne ?

Tu l'entends ?

Regarde, là...

L'ombre d'un bruit, l'écho d'une éphémérité. Éclat de lumière entre les arbres ; quand on bouge notre mouvement est le sien, c'est pour ça qu'on ne peut l'approcher. Il a la couleur de passage, de l'absence. Il a l'habitude d'être inaperçu.

Oui, il y a des yeux dans les arbres, mais leurs regards, les ancêtres des nôtres, sont morts. Les sylvains sont partis, il n'y a plus dryades ni hamadryades. Avant, on en avait besoin, pour expliquer, pour assimiler les joies, les mystères, les menaces d'un tel lieu. On était des magiciens, des créateurs de mondes. On croyait sans croire, on croyait pour poser des questions. Il existait une anarchie de possibles, des dieux en pagaille qui nous protégeaient des dogmes, les suivre était une liberté qui nécessitait de l'imagination; chaque chose avait son esprit, chaque esprit communiquait avec les autres, chaque dieu n'était qu'un doute. Mais avec le temps les doutes se sont sclérosés, les esprits ont été éliminés, nous avons désanimé le monde, un chemin s'est imposé, notre foi est devenue une arrogance, l'imagination une hérésie qui doit sans cesse montrer ses papiers maintenant pour se justifier.

Est-ce que tu es ton propre patron?

Plus je pénètre dans le bois, plus j'ai la sensation d'être en apnée. Je suis un je à l'écart de lui-même qui déforme le temps de sa présence. Je suis trop grand, je suis trop petit. Il y a quelque chose en suspension, en attente, les couleurs se détachent de leurs supports pour les enrober autrement. Ou pour les abandonner. J'imagine les images que cela ferait si je prenais des photos. Je ne sais pas comment respirer dans ces images, je suis immergé, mais dans une eau si sèche, si limpide, si retenue. Comme l'air dans un rêve.

C'est en traversant l'illusion d'une clairière que le chemin perd son sens. Il part en errance, comme s'il s'explorait lui-même, découvrait son erreur, comprenait qu'ici, entre les arbres, tout est chemin. C'est comme ça que tu m'attends, là où tu ne peux être, tu avances comme un arbre déraciné qui n'arrive pas à tomber. Dans la sénescence du bois tu cherches encore une phrase, tu mets de côté des lettres, des mots, ton idée est un écureuil qui coule, court sans hésitation le long des branches, sautant d'arbre en arbre, puis tu le perds de vue, tu le crois caché derrière les feuilles, un tronc, tu regardes, tu cherches, tu attends, tu ne sais pas s'il est toujours là ou s'il est descendu par la face cachée. Parfois ta patience est récompensée, parfois non, ce n'est pas grave, tu as le temps. Maintenant que tu es perdu, tu aurais bien pu te trouver ici ; tu n'y as jamais mis les pieds, ce n'est pas ton pays, mais cela ne t'aurait pas gêné, tu l'aurais reconnu, tu te serais souvenu, tu l'au-

rais trouvé beau cet endroit, il t'aurait parlé, vous vous seriez accueillis comme chacun un souvenir de l'autre.

Est-ce que tu habites toujours la même maison ?

Un choix, une négation, un devoir, une habitude, une incuriosité, un risque, un soulagement, une question, une réponse, un pis-aller, une fuite, une expérience, un oubli…

Qu'est-ce qu'un chemin ?

La petitesse de ma conscience dévale la surprise d'une déclivité, je me trouve à la place du courant d'un ruisseau qui, sec, se croit sentier. On se tient la main, tu es nous, vous, pour être moi ; je cherche le pronom qui manque dans la simple multiplicité d'une famille, ce lieu où les mots naissent puis s'effacent. Une lumière sous-marine trempe tout dans une rémanence verte, la végétation s'effiloche, moutonne, de chaque rameau tombent des fils comme une taie sur le regard, comme des mèches de la barbe blanche d'un vieux dieu errant, confus, qui a oublié qu'il n'existe pas.

Comment une absence peut-elle remplir un si grand volume ?

C'est quoi que tu fais exactement ?

Puis l'eau remonte en moi, il faut rebrousser chemin. Des branches tombent dans mes idées, de l'écorce, des bogues de châtaignes, ta peau, les insectes qui nous harcèlent, tes questions, mes réponses qui ne s'inscrivent pas dans le temps ni dans ta mémoire. La triste fierté de ma patience dans cette conversation, comme un chien trop emballé encore pour savoir qu'il est fatigué, courant avec la même urgence que la première fois après un morceau de bois lancé en l'air. Tes questions, mes réponses, il ramène le bâton, attend haletant bavant, ce que je fais, si je gagne bien ma vie, si je suis mon propre patron, où j'habite ; chemins familiers, lieux d'habitudes dans un paysage asservi à des mémoires qui s'éteignent, un ici fait d'ailleurs où tu marcheras jusqu'à n'y être.

Quel drôle d'oiseau on fait.

Un éclat blanc. Une enfilade de notes. L'as-tu entendue ? Un souffle dans les feuilles, un battement d'ailes, le sifflement de ton appareil. Tes doigts boisés par le travail s'agrippent aux accoudoirs de ton fauteuil comme des racines exposées sur un affleurement rocheux. Tu ne sais pas peut-être si tu dors ou si tu dois te lever, tu n'es pas là où tu es, mais les tâches les plus onéreuses de ta journée aujourd'hui sont de s'habiller, se déshabiller. Parfois tu confonds les deux, tu te trompes d'heure, les saisons s'emmêlent, tu te vêts dans le désordre, ton corps se couvre de mousse, de lichen, des lianes de lierre t'entortillent, ton esprit se fait prendre au trébuchet. Mais qui est l'oiseleur ? Où se cache-t-il parmi les entrelacs de ta pensée ?

Tu es assis à côté de la fenêtre, tu viens peut-être de te réveiller, tu sembles confus, je détecte un début de panique, tes membres se raidissent, chacun esquisse une réaction indépendante, puis tu te rends compte, je ne sais pas de quoi, tu te détends, tu lèves une main, effleure la broussaille de tes sourcils. Chaque fois que tu clignes les yeux tu prends une photo que tu ne verras jamais. Tu es comme les arbres qui se fondent dans la brume, les nuages, le bleu, tu lorgnes les cimes qui cherchent le soleil, cette clarté comme une bouche ouverte.

Un éclat blanc.

Puis une dégringolade de verts, une même couleur qui mue, frémit, crépite, soupire, glisse. Un battement d'ailes. Tu le vois ? Regarde. Écoute. Là, derrière ton ombre. Mais ton tronc n'a plus de flexibilité, tes membres se raidissent, chacun esquisse une réaction indépendante. Je détecte un début de panique. Tu lèves une main, effleures la broussaille de tes sourcils. Tu essaies encore de préparer une phrase, entretenir la conversation, mais les nuages baissent, se confondent avec le bleu, se trompent d'image ; dans tes oreilles, l'ombre d'un bruit, dans ta bouche, une question de sucre, le souvenir d'un bonbon que personne ne t'offre.

Mes premiers pas...

Nouvelle d'Isabelle Minière

Une trace de toi

Photographie de Bertrand Runtz

Mes premiers pas dans l'existence furent plutôt pénibles. Je tombais tout le temps. Tomber, cela n'est rien, mais se relever... Et à quoi bon ? Pourquoi marcher, dans le fond ? Je manquais de motivation.

J'ai réussi à marcher pourtant, je ne sais comment, et presque malgré moi. Réussir ? tu parles d'une réussite... Tout le monde marche ; et pour aller où ?

Je regardais mon corps avancer, mes mains saisir les objets qu'on leur tendait, cuiller, timbale, vêtements... Je laissais mon corps s'en débrouiller, je ne me sentais pas concernée. J'ai su nouer mes lacets, m'habiller, me laver... sans conviction. Je ne voyais pas l'intérêt.

Les journées se ressemblaient tellement que j'avais l'impression de recommencer toujours la même.

Je me demandais si ça allait durer longtemps... Et je ne voyais rien à espérer. Rien de neuf, rien de réjouissant.

Mes parents n'étaient pas des gens antipathiques, mais enfin, c'étaient des parents...

Mes frères et sœurs n'étaient pas méchants, mais ils étaient bruyants. Vivre dans le bruit, ça n'était pas très amusant. Déjà vivre...

Un soir, j'ai aperçu comme une lumière, éclatante ; un espoir, magnifique. C'était le plus beau jour de ma vie.

Mes parents nous ont tous réunis dans la salle à manger, et ils nous ont demandé le silence : ils avaient quelque chose d'important à nous dire. Ils avaient l'air grave, la mine abattue ; mais comme ils n'étaient jamais follement gais, ça ne faisait guère de différence.

J'ai pensé qu'ils avaient peut-être décidé de nous abandonner et qu'ils voulaient nous en avertir, pour qu'on ne soit pas trop surpris le jour où des gens viendraient nous chercher.

J'avais déjà imaginé cette solution – comme nous étions des enfants fatigants, nos parents en avaient souvent assez de nous supporter. J'avais imaginé le transfert dans une autre famille et cette idée me laissait indécise. Toutes les familles se ressemblaient sans doute plus ou moins, et, une fois l'attrait de la nouveauté passé, tout recommencerait. Ici ou ailleurs... Ce serait du pareil au même. Et puis on sait ce qu'on quitte...

Ma mère a essuyé une larme, et nous a annoncé la grande nouvelle : ma grand-mère était morte. Morte, morte. Plus jamais elle ne vivrait. Pas même une journée, pas même une heure. Rien, plus rien.

J'ai éclaté de joie.

Mon père a dit que c'était nerveux, et ma mère m'a envoyée me calmer dans la salle de bains – c'était la pièce réquisitionnée pour se calmer.

J'étais si heureuse. Ainsi donc tout ça prendrait fin. Tout le monde y avait droit. Même moi ! Tout allait finir... Un immense soulagement m'a envahie. J'avais le sentiment de sortir d'un cauchemar dont je ne saisissais toute l'horreur que de façon rétrospective, une fois réveillée : je l'avais échappé belle.

Pendant quelque temps, la vie me fut plus légère. L'ennui ne pesait plus autant : il était transitoire, éphémère pour ainsi dire.

Mais. Mais les parents font le malheur de leurs enfants sans même s'en apercevoir. Et avec une application qui peut ressembler à de la cruauté. Les miens ont cru malin d'associer la mort à la vieillesse. Et encore : à l'extrême vieillesse. Il était nécessaire, d'après eux, de devenir très vieux, d'abord, pour espérer enfin la mort. Je n'étais pas sortie de l'auberge. À peine y étais-je entrée...

Le découragement me gagnait au fur et à mesure qu'ils remuaient le couteau dans la plaie. Je me souvenais des mains fripées de ma grand-mère et je regardais les miennes, dodues, effroyablement jeunes.

Mes frères et sœurs paraissaient rassurés, comme si un grave danger s'éloignait d'eux. Ils ne comprenaient rien à rien. Je m'étais déjà aperçu qu'ils n'étaient pas tout à fait normaux.

J'avais pris le pli de très peu parler, les mots ne me semblaient servir qu'à créer de la confusion, mais j'ai fait une exception pour l'occasion. J'ai demandé si les enfants avaient interdiction de mourir. On m'a répondu que les enfants devaient vivre, sauf accident.

Ne me restait plus que l'accident...

Je l'espérais de tout mon cœur, à Noël, à mon anniversaire... Peine perdue.

J'en pris mon parti. Et tout recommença.

Il y eut des lundis, invariablement suivis de mardis, eux-mêmes inexorablement suivis de mercredis, etc., etc. Ça n'en finissait pas.

La vie était lente, la vie était longue...

J'aurais voulu être une vieille dame, infiniment vieille. Au lieu de quoi, tout ce temps devant moi, inépuisable...

Je jouais mon rôle d'enfant, mais le cœur n'y était pas. Je n'étais pas intéressée.

Et il me semblait qu'il en serait toujours ainsi.

Jusqu'au jour où...

Comme une révolution. Une révélation.

Le monde s'ouvrit, tout bascula, tout s'éclaira. La lumière jaillit, et la joie... Une joie que je n'avais jamais imaginée. Plus rien ne serait jamais comme avant. J'étais intéressée, j'étais concernée, j'étais transportée.

Le plus beau de ma vie, le plus intense, le plus troublant, le plus réjouissant, je le tenais là, entre mes mains dodues, et j'en étais tout éblouie.

J'étais sauvée, à jamais.

Je savais lire.

René Frégni

René Frégni, né le 8 juillet 1947 à Marseille, est un écrivain français.
Dès l'entrée au CP, il subit les moqueries des enfants qui l'appellent « quatre œil ». Blessé, René jette ses lunettes et n'en portera plus jusqu'à l'âge de 19 ans. Il rate sa scolarité et traîne, toute sa jeunesse, avec une bande de chenapans dans les rues de Marseille.
Déserteur à 19 ans, il vit cinq ans de petits boulots à l'étranger sous une identité d'emprunt puis revient en France.
Il a connu une existence mouvementée avant de se consacrer à l'écriture. Il a exercé divers métiers, dont celui d'infirmier psychiatrique, et a longtemps animé des ateliers d'écriture à la prison des Baumettes de Marseille.
Lors de son séjour en prison militaire, il découvre tour à tour les grands écrivains qui l'accompagneront toute sa vie : Giono, Céline, Camus et Flaubert. C'est là aussi qu'il écrit son premier poème : il ne lâchera plus ni son cahier ni son stylo. Quarante ans d'écriture et d'évasions.
Il est aujourd'hui l'auteur d'une quinzaine de livres, imprégnés de ses voyages et de son expérience avec des détenus.
L'essentiel de son œuvre est disponible dans la collection Folio-Gallimard.
La ville est au centre de tous les romans qu'il écrit mais chaque page traverse des forêts, des hameaux perdus, des plateaux sauvages. Toute l'oeuvre chemine entre la noirceur des hommes, la lumière de la mer et la beauté des femmes. Son âme est Manosquine autant que Marseillaise.
Il écrit également des livres pour enfants.
La plupart de ses romans ont reçu un Prix littéraire et sont traduits en 6 langues.

Éric Zeziola

Né près de Paris, Éric Zeziola arpente villes et forêts d'ici et d'ailleurs pour capter l'esprit des lieux. À la faveur d'une commande pour l'univers du luxe ou au détour du quotidien, il traque le ruban magique qui fait l'unité du monde, les signes de sa parfaite cohérence. À New York ou dans les forêts du Poitou, il prouve avec malice que les lois de la nature et de l'apesanteur tiennent encore le haut du pavé.

Travaux, expositions
Le parcours de la licorne, Ostentatoire, 2013
On n'est pas des chiens, studio Le petit oiseau va sortir, 2017
Peau de vache, studio 11e lieu, 2019

En ligne
Site web : ericzeziola.com
Instagram : @eric_zeziola

Florentine Rey

Florentine Rey est née à Saint-Étienne en 1975. Des études de piano intensives affinent sa sensibilité, lui apprennent l'exigence mais l'isolent. Une année d'hypokhâgne lui fait rencontrer la philosophie. Elle entre ensuite à l'École Nationale Supérieure d'Arts de Paris-Cergy. À la fin de ses études, elle crée une structure de production artistique où se croisent l'art et la technologie. Six ans plus tard, la nécessité d'écrire et de créer la rattrape. Elle choisit alors de vivre au plus près d'une liberté têtue et nomade, cherchant à agrandir l'espace en soi qui permet la pensée et la création. Ses textes font la part belle à l'imaginaire, à la nature, à la fantaisie, au féminin. Elle propose également des ateliers d'écriture, au service des rencontres humaines et de sa passion pour la création littéraire.

Bibliographie
Blandine-Marcel, roman, éd. Michalon 2005
Blandine-Marcel 2, roman, éd.Michalon 2006
Mon œil !, roman graphique, éd. Des ronds dans l'O, 2010, Prix Olympe de Gouges 2010
Poésie-Performances (livret et DVD), éd. Delatour 2016
Le BUBON, récit poétique, éd.Gros Textes 2016
Je danse encore après minuit, recueil de poésies, éd. Gros Textes 2017
Dé-camper, récit poétique, éd. Gros Textes 2018
Le bûcher sera doux, recueil de poésies, éd. La Rumeur Libre, 2019
Publications en revues (Bacchanales, Lichen, Jungle Juice, Traction Brabant...), et en anthologies, notamment *Voix Vives de la méditerranée*, éditions Bruno Doucey 2015, 2018, 2019) et anthologies Printemps des poètes éd. Castor Astral et éd. Bruno Doucey 2020.

En ligne
florentine-rey.fr
ecriture-en-ligne.fr

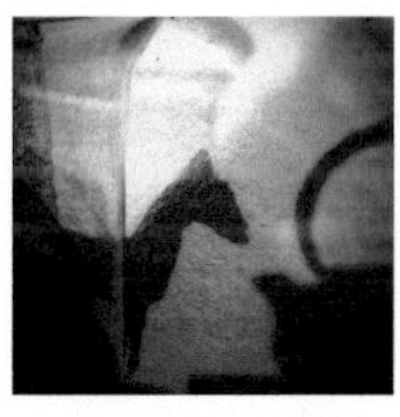

Patricia Weibel

Toutes mes images sont des fantômes d'amour. Née pendant l'hiver 58 dans un tout petit pays plié, replié. Il avait fait si froid, une mémoire avait perdu son manteau dans les neiges du haut Jura-sud. Enfant sage et écolière studieuse, adolescente fugueuse, rebelle, je retrouve une part de ma terre intime à 20 ans, en reprenant le chemin de l'usine. Militer, devenir éducatrice. Rencontrer de drôles d'enfants dans leur monde de silence, de bruits et de fureur. S'engager en Analyse... Au printemps 2015 une quatrième vie commence pour moi sur les traces de l'image manquante avec la Photographie.

Travaux, expositions
Les cathédrales, *Une flamme que le vent* et *Pourtant pas seule* constituent ma première apparition publique en tant que photographe.

Löetitia Léo

Après un diplôme d'Arts Appliqués à l'ESAA Duperré à Paris en 1993, elle exerce le métier de designer textile pendant 14 ans. Depuis 2011, elle travaille à Bordeaux auprès d'enfants déficients auditifs avec handicaps associés.
Autodidacte, elle développe un travail photographique et plastique personnel depuis 2008 en privilégiant l'utilisation de l'appareil photo argentique et le procédé de surimpression sur négatif. Elle développe divers projets autour d'autres procédés et techniques. Depuis 2015, elle est invitée à montrer son travail dans différents lieux.

Travaux, expositions

Châteaux des poussières, exposition personnelle, Jardin des Dames de la Foi, Bordeaux, 2019
Lisières, invisibles fragments de paysage, Espace Culturel du Bois Fleuri, Lormont, 2019
Le merle blanc, exposition personnelle, Boustrophédon, Machine à musique Lignerolles, Bordeaux, 2018
Illustration de *Le Cavalier*, roman de Derek Munn, Éd. L'Ire des marges, 2018
Par l'Ermitage, exposition personnelle, Sous la tente, Bordeaux, 2017
Mercredis Photographiques, Cdanslaboite, Bordeaux, 2016
Résidence Château Garros, Artothèque Mutuum, Langon , 2016

Derek Munn

D'origine anglaise, Derek Munn vit en France depuis 1988 et écrit en français.

Bibliographie

Foule solitaire, récit, Éd. L'Ire des marges, 2019
Le cavalier, roman, Éd. L'Ire des marges, 2018
L'ellipse du bois, récit, Éd. L'Ire des marges, 2017
Vanité aux fruits, roman, Éd. L'Ire des marges, 2017
Un paysage ordinaire, nouvelles, Christophe Lucquin Éditeur, 2014 - Prix Place aux Nouvelles, Lauzerte 2015 (épuisé)
Mon cri de Tarzan, roman, Éditions Léo Scheer/Laureli, 2012

Isabelle Minière

Isabelle Minière écrit des romans, des nouvelles, des livres pour les enfants. Elle aime bien regarder les gens, imaginer leur vie. Marcher, rêver, les deux en même temps ou séparément. Elle lit, elle écrit, parce que... une seule vie, ça ne suffit pas !

Bibliographie

Une vingtaine de livres publiés, chez différents éditeurs, et des textes en revue et dans des ouvrages collectifs.
Bourse Cino Del Duca, prix de la Nouvelle de Saint-Quentin, prix Grain de sel, prix de la nouvelle du Scribe, prix Lire en vert (prix de lycéens), prix audio France Culture, prix Hors Concours des lycéens.

Bertrand Runtz

Bertrand Runtz est né à Paris en 1963, sous la butte Montmartre. Il devient photographe professionnel en 1991. Il est également écrivain et a notamment publié en 2005 un premier roman remarqué, sélectionné pour le prix Roblès. Depuis, alternant nouvelles et romans, il a publié six autres livres et compte bien ne pas en rester là... Comme un prolongement à l'écriture, il réalise aussi des sculptures à base de livres, qu'il photographie et expose régulièrement, avec une prédilection pour les médiathèques. Vous pouvez découvrir son exposition « Pattes de mouches » en vous rendant sur son site.

Bibliographie

Reine d'un jour, roman, éd. Finitude, 2010
N'oublie pas de mourir, roman, éd. du Jasmin, 2018
Cette fragilité, en dépit de tout..., nouvelles, éd. Finitude, 2008
L'effroyable beauté de vivre..., nouvelles, éd. du Jasmin, 2016
Deux sœurs-Deux Frères, nouvelles, éd. du Jasmin, 2019

En ligne

Site web : bertrandruntz.com

4

Jeux

Félix au chapeau tyrolien

Marie-France Lesage

#30

« Je suis sûr d'avoir la langue gonflée alors que j'ai pourtant vu un Iroquois la faire rôtir et la manger sous mes yeux. »

Joseph Boyden, *Dans le grand cercle du monde*

• • •

Stéphane Lambion

tape tape prend prend prend
tape prend prend tape tape
prend prend prend tape
prend prend tape tape
tape tape prend
prend tape
tape tape
prend
tape

en un lancer,
mélanger l'espace et le temps

se nourrir du rythme,
du plein, du vide, des
éclairs de silence
entre deux

tisser l'air
de mouvement

(au creux du coude, bloquer :
rien, ni même le vent, ne
bougera le monde
jusque-là roulé)

droit debout,
poursuivre

tenir la mesure,
la cadence à
deux mains

respirer et ne pas oublier
d'avoir peur

nécessairement, chuter :
ramasser sans rougir et
recommencer encore

du bout des doigts,
construire un
château d'air

prêt à accueillir le visiteur
à l'instant où il frappera :
serrer la main

la paume ouverte en
trois petits
points

tape
prend
tape tape
prend tape
tape tape prend
prend prend tape tape
prend prend prend tape
tape prend prend tape tape
tape tape prend prend prend

Flash mob

Phil Anker

#16

« Pourtant, il n’y a rien de nombriliste à être dépressif. »

Vice

Le dentier

Thomas Pourchayre

La vieille est en maison de retraite depuis Pâques. Depuis lors, son chat s'étend dans son fauteuil la majeure partie du temps. Précisément dans ce fauteuil où il se plaisait à lui réchauffer les cuisses, sous une photo encadrée de Brassens lui aussi avec un siamois sur les genoux. Là où les ressorts percent maintenant l'assise de velours vert élimé, et poussent dehors la mousse en décomposition.

Par moment le chat se lève. Las. Dépressif. Il erre. Promène son pelage égoutté d'un flan au caramel. Ses miaulements lugubres hérissent le silence ouaté de son territoire-prison.

Peut-être souhaite-t-il par moment vérifier la réalité de son triste sort. Il passe alors au travers de la chatière... Non, non, elle n'est pas condamnée, mais il n'y a plus rien de vivable, de part et d'autre d'ailleurs : les rues menaçantes d'un côté, hantées par de jeunes chats rendus à l'état quasi sauvage, fréquentation dangereuse pour le chat délicat qu'il s'imagine être. De l'autre, la poussière et la gamelle remplie par la voisine d'une main chiche et dégoûtée, deux fois par semaine dans le meilleur des cas, en échange de quelques billets glissés dans une feuille de papier carbone, sans consigne ni salutation amicale, qu'elle reçoit régulièrement de la maison de retraite. La fin d'un monde.

Seul vestige du passé, seule trace de vie dans ce décor de nature bien morte : une souris blanche. Depuis toutes ces années il n'a jamais réussi qu'à lui effleurer les oreilles, de ses canines manifestement pas assez vives. Morale de ces vains épisodes de chasse, la souris a gagné aux yeux du chat une sorte de vitalité éternelle et effrontée, dont la présence lui apparaît même peut-être rassurante désormais. Consciente de sa domination objective, probablement des dizaines de fois réincarnée déjà, elle revient régulièrement narguer, à tous moments du jour et de la nuit, sa fierté de vieux chat domestique impuissant à la saisir.

Un soir maudit - s'il en faut encore un en attendant sa mort -, le chat va pour s'asseoir sur le large rebord intérieur de la fenêtre sur rue. De temps à autre il vient surveiller là le train des gens. Ce sont d'intenses moments d'observation attentive et impassible, assis juste à côté d'une boîte grande ouverte et remplie à ras bord de dentiers, égarée dans la précipitation du départ de sa maîtresse pour la maison de retraite. Peut-être ne voulait-elle pas être en retard à son premier dîner de résidente, et courir le risque de ne pas choisir sa place à table... Qui sait à quoi elle pensait ce jour-là ? Une vingtaine de dentiers, au bas mot, gisent dans la boîte en fatras, comme s'ils se dévoraient les uns les autres. Une jungle pétrifiée, collection incidente d'une femme qui ne jetait jamais quoi que ce soit. Souvenirs personnels ? Souvenirs de famille ? Des rouges, des roses, des gris de poussière.

Prêt à s'installer sur le rebord, le chat cambre son dos. Sa queue glisse de côté, caressante, frôlante, ondulante au-dessus de la boîte de dentiers. L'un d'entre eux, un peu plus rose peut-être, s'anime d'une volonté imprévisible. Il se resserre et se grippe d'un coup au passage de la queue du chat. Celui-ci sursaute, ses poils hérissés. Sa magnifique queue blanche à taches rousses est prise.

Il se cabre, il s'agite, il miaule, il feule. Il court dans toute la maison, furieux, fracassant sa queue et son monstrueux grelot contre les murs. Rien n'y fait. Le dentier tient bon. Comble du comble, il tient bon comme il n'a jamais tenu sur les gencives de sa maîtresse. Et il finit par se coincer entre deux meubles, resserrant encore son étreinte féroce sur la queue. Le voilà totalement immobilisé.

Le pauvre chat tire mais ne parvient qu'à en extraire une douleur encore supérieure. Il miaule comme un violon désaccordé et insistant. Une lumière s'allume chez la voisine, quelques instants seulement, puis tout redevient silence et obscurité.

Il demeure seul, sans espoir de délivrance. Très vite il a soif, il a faim. Sa fureur et sa douleur ont mué en désespoir mou et affligé. Sa vie défile dans son petit crâne. Il revoit sa maîtresse, belle femme d'âge mûr, plantureuse et douce. Il aimait tant à se glisser entre ses chevilles musclées lorsqu'elle partait quelque part... Il la revoit, de son strapontin à la fenêtre, courir dans la rue pour des destinations inconnues. Les odeurs dont était imprégné son manteau en revenant de ces expéditions ne nécessitaient pas d'explications. Elle profitait.

Peu à peu les expéditions se sont raréfiées. Elle est devenue vieille par petits tassements imperceptibles. Les images se superposent en accéléré presque burlesque, comme du Charlie Chaplin dans l'esprit du chat. La vie de la vieille, leur vie à deux, défile et re-défile dans son crâne. S'enraye. Revient en arrière comme si elle ne voulait pas vieillir, comme si elle s'accordait le miracle de quelque élixir de jouvence.

Au petit jour dans la tête du misérable chat, la vieille est vraiment très veille, définitivement vieille. Venue à bout de son élixir, elle ne tente plus de détour au temps qui passe. Elle est telle qu'elle a quitté son chat pour toujours, marchant à petits pas très lents, laissant derrière elle sans prévenir sa vie d'avant et sa boîte de dentiers qui bayent bizarrement aux corneilles.

Le chat se dit qu'à moins de tirer, de tirer par à-coups violents jusqu'à rompre sa queue, de l'abandonner à l'appétit de son prédateur insoupçonnable, il n'en a plus pour très longtemps non plus.

Laisser sa queue comme la vieille a laissé ses dentiers. Triste extrémité qu'il ne peut envisager sans horreur. Perdre son panache blanc et roux. Perdre son traversin pour la sieste. Perdre toute considération possible de la part du peuple tigré du quartier. Perdre ses poils les plus doux. Autant dire la déchéance absolue... Cette queue magique qui s'attardait derrière lui et caressait les chevilles de sa maîtresse quand son museau rêvait de happer quelque reste de poisson à l'autre bout...

Vers six heures du matin, le chat demeure auprès des deux meubles, épuisé par sa nuit blanche à ruminer son désespoir. Il se pourlèche mécaniquement les babines. Il s'efforce de ne plus penser à rien, car seules lui viennent des idées noires. Il ne lutte plus. Derrière lui, le dentier maintient sa ferme pression, tel un pirate qui serre un sabre entre ses dents lors d'un abordage prometteur.

Le coq chante sans solution. Le soleil se lève sans solution. Le facteur passe sans solution.

Et soudain, sans crier *gare* ni *fini de rire*, les dents du dentier se desserrent. Le chat, d'un réflexe fulgurant, rapatrie sa queue sous son postérieur protecteur. À peine le temps de ce soulagement considérable et il croit entendre:

«Petit, petit, petit!».

Une voix familière. Il se retourne vivement. Personne. Le salon exprime la platitude ennuyeuse qu'il lui connaît constamment désormais. Et le dentier gît là, gueule entrouverte.

Le lendemain, après une longue nuit pourtant réparatrice, le chat parcourt la maison sans envie. Le drame, même sans issue fatale, l'a plongé dans un état morbide. Ainsi revient-il sur les lieux de sa souffrance de la veille.

Là, un cadeau l'attend. Un cadeau qu'il n'aurait jamais espéré : la souris, l'unique souris blanche, éternelle, qui infestait à elle seule depuis des lustres la maison et qu'il n'avait jamais su attraper, est aux prises du dentier rose. Par la queue, elle aussi.

Le chat ne semble pas engagé à délaisser l'inespéré cadeau au profit d'une solidarité de sort ou d'une empathie quelconque, et voyant arriver le chat, la souris se met à trembler. Il la fixe quelques instants, les yeux dans les yeux. Comme dans la tête du chat la veille, la vie de la pauvre souris défile très distinctement sur ses pupilles. Les nombreuses et réjouissantes occasions où elle a échappé à la poursuite du chat y occupent une bonne place, sans doute pour se donner du baume au cœur. Le chat visionne le film de la vie de la souris plusieurs fois dans ses pupilles dilatées qu'elle lui offre en spectacle. À l'image insistante de son éternelle et cuisante défaite de félin pataud, le vieux chat n'hésite pas un instant à la croquer, même sans faim notable.

Il termine par la queue son rassérénant festin, si longuement convoité. Et alors que le sentiment de se laisser envahir par une contagieuse garantie d'éternité lui traverse peut-être le crâne, la souris s'enfonçant dans sa gorge, ses babines se rapprochent peu à peu pour esquisser un baiser furtif et passionnel au dentier complice. Celui-ci relâche obligeamment sa prise, et le chat happe l'ultime morceau de queue qu'il lui demeurait encore à avaler.

La solitude des funambules

Lionel Laboudigue

« Pourtant il nous reste à tricher
Être le pique et jouer cœur
Être la peur et rejouer
Être le diable et jouer fleur
Pourtant il reste à patienter
Bon an mal an on ne vit qu'une heure
Pourquoi faut-il que les hommes
s'ennuient ? »

Jacques Brel,
*Pourquoi faut-il que
les hommes s'ennuient*

Prédestinations

Brice Gautier

Théo Carimalo est un écrivain. Du moins, c'est ainsi qu'il aime se définir. Son destin changea un beau matin quand une lettre arriva par la poste, une lettre blanche, sans aucun signe distinctif qui aurait pu en laisser deviner la provenance. Théo l'ouvrit négligemment, en retira plusieurs feuillets soigneusement pliés en quatre, une photographie, ainsi qu'un chèque. Un chèque ! 1.500 euros, à titre d'acompte, ce sont les seuls mots de la lettre que Théo, tout à sa surprise, parvint à lire. Puis les phrases, écrites à la main, s'ordonnèrent tant bien que mal devant ses yeux. *Cher Monsieur Carimalo, nous avons eu connaissance de votre remarquable travail et nous souhaiterions utiliser vos compétences pour un emploi que nous serions très heureux de vous voir accepter…* La lettre déroulait ensuite, dans ce même langage ampoulé, les conditions d'un emploi rémunéré un nombre indécent de fois le SMIC, qui exigeait de Théo qu'il rédigeât des biographies pour des personnages de séries télévisées. C'est du moins ce que Théo comprit sans en être totalement certain tant le montant du salaire lui donnait le tournis. Il rassembla ses esprits et ramassa la photographie qu'il avait jusque là négligée. Une femme d'une cinquantaine d'années souriait en noir et blanc devant un arrière-plan gris clair. Ses cheveux blonds semblaient grisonner un peu mais la surexposition du cliché jetait un voile pudique sur ce genre de détail ainsi que sur les petites rides qui partaient du coin de ses yeux ou ondulaient sur son front.

#22

« Pourtant, sans les doutes, l'écrivain ne pourra jamais prendre conscience de son activité.
et
Pourtant, la souffrance en général, et celle du petit écrivain en particulier, n'a jamais été la garantie de quoi que ce soit, et encore moins d'une bonne littérature. »

Carlos Liscano, *L'écrivain et l'autre, chap. 67 et 70*

Elle est encore bien jolie, pensa Théo, et son esprit vagabonda un peu en imaginant pour elle un avenir télévisuel. Théo décida que la jeune femme s'appellerait Sophie, qu'elle mènerait une vie très simple entre son travail de secrétaire médicale, ses enfants déjà grands et sa maison en banlieue. Elle aurait un mari dont il ne vaudrait pas la peine de parler. Sophie s'ennuierait, jusqu'au moment où elle ferait la rencontre d'un jeune homme noir de quinze ans son cadet pour qui elle brûlerait les chandelles de son existence par les deux bouts...

Théo sentait qu'il était fait pour ce travail.

Il passa les quatre jours suivants à densifier son personnage et ajouter des rebondissements à sa biographie. Il voulait que tout soit parfait. Quand il eut terminé, et conformément aux instructions, Théo Carimalo envoya son texte par courriel à l'adresse qu'on lui avait indiquée, au nom d'un certain Emmanuel Desfeux qu'une rapide inspection sur internet n'avait pas pu identifier de manière fiable. Deux jours plus tard, il recevait deux nouvelles photographies accompagnées d'un chèque dont le montant représentait pour Théo une somme non plus rondelette mais carrément adipeuse. Cette fois, aucune lettre ne venait accompagner les photographies, pas la moindre instruction, et surtout aucun commentaire sur le texte que Théo avait envoyé un peu plus tôt. La première photographie représentait un homme d'une soixantaine d'années aux cheveux blancs et longs, ramenés derrière sa tête en une queue de cheval dont on ne pouvait évaluer la longueur ; la seconde, une jeune femme brune, à peine sortie de l'adolescence, souriant à l'objectif dans son fauteuil roulant. Théo contempla longuement les deux personnages, grava leurs traits dans son esprit, puis se mit au travail.

Au premier, il inventa un passé de baroudeur, docteur en physique parti faire le tour du monde à pied, quinze ans de vie de clochard, avant de réintégrer son université aux Pays-Bas et d'obtenir une chaire de physique nucléaire à Utrecht. Tobias, puisqu'il s'appellerait désormais ainsi, finirait par accepter un mandat de député sous la bannière du parti socialiste et se ferait assassiner par un fanatique d'extrême droite.

Au second, la jeune fille en fauteuil roulant, il attribua une sclérose en plaques qui se serait déclarée très tôt. Sarah, appelons-la désormais Sarah, connaîtrait un destin extraordinaire car elle parviendrait à guérir spontanément de sa maladie et à devenir une athlète de très haut niveau, coureuse de fond, qualifiée pour les Jeux olympiques sept ans après être parvenue au prix d'efforts herculéens à refaire un pas hors de son fauteuil roulant. Héroïque, larmoyant, mais efficace.

Théo peaufina les biographies pendant une bonne semaine, passa du temps à la bibliothèque pour se documenter un peu sur l'histoire des Pays-Bas et sur la sclérose en plaques. Quant il eut terminé et relu les histoires qu'il venait d'écrire, il se demanda s'il n'en avait pas trop fait. Trop fantasque, trop romanesque. Puis dans un soupir, il appuya sur la touche «Entrée » de son ordinateur en se disant qu'après tout c'était ce genre d'histoires qu'il aimait écrire et ce genre de vie qu'il aimait mener. Ses employeurs seraient probablement assez grands pour lui faire rectifier le tir s'ils n'étaient pas sur la même ligne que lui. Puis il ouvrit une bonne bouteille de vin – il pouvait maintenant se l'offrir – et termina la soirée devant la télévision.

Une certaine routine s'installa durant les semaines suivantes. Théo recevait des photographies par lots de deux, quelquefois trois, il passait quatre ou cinq jours sur chacune, rarement plus, puis il transmettait le tout par courrier électronique avant de recevoir la fournée suivante en même temps que son salaire qui se stabilisait à un niveau stratosphérique dont Théo n'avait jamais osé rêver. Jamais il n'obtenait le moindre commentaire sur ce qu'il écrivait, pas un mot d'encouragement ou de reproche, rien qui pût guider son travail. C'est peut-être la raison pour laquelle Théo se laissait insensiblement aller à ses penchants pour les histoires dramatiques, persuadé qu'un peu de piment ne pouvait pas nuire à une série télévisée. Tel personnage, Henri, devenait un petit escroc, un autre, Jules, possédait une double vie entre sa maîtresse et son amant, une autre encore, Léa, se prostituait discrètement tout en exerçant son métier de graphiste... Rien ne semblait pouvoir faire réagir Emmanuel Desfeux ni lui déplaire, rien ne semblait pouvoir être censuré.

Théo commençait à en ressentir un certain agacement.

Par-dessus tout, il aurait aimé savoir si ses histoires étaient appréciées ou non, et à quoi elles étaient destinées. Le doute le rongeait. Il avait beau passer des nuits entières devant sa télévision, s'user les yeux et le cerveau à scruter le flot de séries qui inondait les dizaines de chaînes qu'il pouvait recevoir, aucun de ses personnages n'apparaissait jamais à l'écran. Théo en conclut que ses scénarios n'étaient pas assez percutants et que malgré le salaire pharaonique qu'il percevait, ses textes finissaient au fond d'un tiroir. Il résolut donc de corser ses biographies davantage. Son premier assassin fut un homme d'une trentaine d'années, très laid, calvitie précoce, grosses lèvres sous un gros nez. Edgar. Théo décida d'en faire le meurtrier d'un autre personnage reçu le même jour, un homme d'une quarantaine d'années, un physique de bon père de famille, qu'il nomma Pierre et maria à une autre photographie de femme un peu plus jeune, regard noir perçant, cheveux courts et bruns, peau très blanche. Élise. Le premier tuerait le second par dépit amoureux. Peu satisfait par ce scénario qu'il jugeait lui-même très banal, voire caricatural, mais qu'il envoya néanmoins sans hésiter à son employeur, Théo fit preuve de plus d'ambition pour les suivants. Armand : tueur en série, onze victimes. Victoire : empoisonneuse de ses amants : seize victimes. Théo créait des monstres par palettes entières, des découpeurs de vieilles dames, des violeurs de petits enfants, des pervers sanguinaires narcissiques paranoïaques schizophrènes cachés dans des instituteurs, des infirmières ou des assistants parlementaires, il transmettait le tout comme des provocations par courrier électronique, mais Emmanuel Desfeux ne bronchait toujours pas. S'il n'y avait pas eu les chèques, Théo aurait sincèrement douté de l'existence de son employeur.

Et puis un soir, cela arriva. Théo dînait devant sa télévision lorsque l'image du type lui sauta aux yeux. Cheveux blancs, queue de cheval. Sa photo s'affichait plein cadre sur l'écran de sa télévision. Une voix off racontait gravement qu'un important dirigeant hollandais venait de se faire assassiner. Physicien de renom, récemment élu député socialiste,

Tobias W. aurait pu diriger son pays si un fanatique d'extrême droite n'en avait pas décidé autrement. Un frisson de fierté traversa l'épine dorsale de Théo avant que son sang ne se glace lorsqu'il réalisa qu'il n'était pas en train de regarder un feuilleton télévisé.

Il regardait les informations.

Pris de panique, Théo se précipita sur son ordinateur. La première page qu'il trouva sur Tobias W. reprenait mot pour mot la biographie qu'il avait lui-même rédigée. Théo blêmit. Frénétique, il passa la nuit à rechercher les traces de ses autres personnages. Il finit par tomber sur Sarah, par le biais d'un entrefilet dans un journal local breton évoquant le parcours admirable d'une jeune handicapée miraculeusement guérie de sa sclérose en plaques et aujourd'hui qualifiée pour le 5 000 mètres aux prochains Jeux olympiques. Au petit matin, d'après les traces que certains d'entre eux avaient laissées sur les réseaux sociaux, Théo avait acquis la certitude qu'ils existaient tous.

Tôt ou tard, ils allaient suivre le destin qu'il leur avait tracé.

Une puissante sensation de dégoût et de désespoir le submergea. Il aurait voulu s'ouvrir le crâne, en extirper ces monstres qu'il avait lâchés dans la nature et les anéantir avec la même désinvolture qu'il les avait créés. Comment avait-il pu agir ainsi ? Que pourrait-il faire désormais pour se racheter ? Fabriquer des héros avec les prochains personnages ? Oui ! Il allait répandre la solidarité, l'entente et le partage dans le monde entier, il s'en faisait le serment. Il se sentait tout puissant, investi de la plus haute mission, et pourtant fragile comme un nouveau-né. Il était sûr que rien ne serait refusé ni censuré, pourtant, il ne put tirer de cette certitude que la sensation écrasante d'une insoutenable responsabilité.

Soudain, un petit bruit familier dans le hall annonce le passage du facteur. D'un pas mal assuré, Théo va récupérer l'enveloppe blanche qui vient d'arriver, puis l'ouvre d'une main tremblante. À l'intérieur, sur la photographie en noir et blanc, Théo Carimalo regarde l'objectif avec un sourire niais. Alors Théo sait qu'il n'y a pas d'échappatoire. Il va lentement s'asseoir à son bureau, met sa tête dans ses mains pour rassembler ses idées, puis il ouvre son traitement de texte et sans la moindre hésitation malgré le vertige qui l'assaille, il commence son travail.

Théo Carimalo est un écrivain. Du moins, c'est ainsi qu'il aime se définir, car...

Left and right

Phil Anker

Le Magot

Stephan Ferry

Je connaissais évidemment, et depuis fort longtemps, la propension de mon père à jouer des tours pendables à quiconque avait la faiblesse de prêter attention à ses divagations. Jamais pourtant je n'aurais imaginé que, dix ans après sa mort, je me retrouverais ruiné par sa faute, ratissé jusqu'au dernier centime, quasiment réduit à la mendicité et, qui pis est, dépossédé de mon bien avant même d'avoir pu en disposer. Non vraiment, envisager que le sort pût s'acharner sur moi pendant toutes ces années et avec une pareille constance, jamais je ne l'aurais pu...

Tout avait commencé le jour de la mort de mon père, précisément, un matin d'avril... Sentant sa dernière heure approcher d'un pas leste et implacable, il m'avait fait signe de venir auprès de lui, afin de pouvoir me parler plus à son aise, alors que le souffle commençait à lui manquer. «Fils, mes terres sont à toi désormais...», avait-il commencé de sa voix traînante. «Cependant, si tu veux empocher mon magot, j'aime autant te prévenir : il faudra d'abord que tu te salisses les mains ! Tu vas devoir attraper les couilles du taureau et les gratter !... Aussi fort que tu pourras !», avait-il ensuite murmuré, concluant son propos par un rire grinçant.

Peut-on imaginer plus belles paroles adressées par un père agonisant à son fils unique ? Vieux fou ! Jusque sur son lit de mort, il avait trouvé le moyen de me tourmenter avec ses maudites énigmes !

#23

« Il était mort, pourtant. »

Michael Connelly,
Le Poète

Il avait rendu l'âme dans mes bras, au terme d'une vie si aventureuse que l'on aurait peine à croire qu'il en était venu à bout en un peu moins d'un demi-siècle... Au cours de son existence, il avait été tour à tour garçon de ferme, lanceur de couteaux, dresseur de fauves, bûcheron, journaliste, pilleur d'épaves, banquier, mercenaire, pianiste de bar, souteneur et pour finir, gigolo, avant d'investir une petite partie de sa fortune personnelle dans une magnifique oliveraie des environs de Séville, près du village de Las Cabezas de San Juan, où il coulait depuis des jours heureux.

Cette fortune, il ne l'avait certes pas constituée de la plus licite des manières, ce qui lui avait d'ailleurs valu de nombreux séjours en prison, mais à l'en croire, elle était colossale et, plus important, il en disposait toujours en totalité, puisqu'il n'avait jamais voulu révéler où il l'avait cachée, même quand les juges lui avaient promis une remise de peine en échange de son secret. Elle se montait à plusieurs millions d'euros, assurait-il. En pièces d'or, objets religieux et bijoux anciens volés dans des galions engloutis, dans des églises mal surveillées ou à de richissimes vieilles dames.

L'oliveraie était donc à moi, à présent. Quant à ce fameux trésor, dissimulé Dieu et mon père seuls savaient où, il me le léguait également. À condition que je parvinsse à décrypter sa devinette... Il s'était toujours exprimé de cette façon, quand il avait des choses importantes à communiquer. Pas nécessairement par crainte des oreilles indiscrètes. Il était joueur. Et rien ne l'amusait tant que de me voir m'acharner à donner du sens à ses invraisemblables charades... Parfois j'y parvenais, et j'avais droit à un sifflement admiratif. La plupart du temps, j'échouais. Et il se riait de moi.

De bête à cornes, mon père ne possédait point. Je ne lui savais par ailleurs aucune passion pour l'élevage et il avait une sainte horreur des corridas, si bien que ses dernières paroles ne trouvèrent en moi aucun écho. D'autant moins qu'il semblait parler d'un taureau en particulier. D'un animal que j'étais censé connaître. Je tâchai de tirer de lui davantage d'informations, tandis que sa main droite se crispait douloureusement sur son cœur et qu'il retenait comme il pouvait son dernier soupir. Je n'ignorais certes pas qu'il était en train de succomber à un infarctus, mais les secours étaient en route et je l'avais allongé du mieux possible. Qu'aurais-je pu faire de plus ? Etait-ce une raison pour renoncer à toute chance de mettre la main sur sa fortune ? Je m'efforçai donc d'obtenir de lui qu'il précisât sa pensée. Avec autant de calme et de patience que le permettaient les circonstances. Je ne réussis cependant à lui soutirer qu'un minuscule morceau de papier qu'il tira de l'une des poches de son gilet. Je pensai sur le moment qu'il pouvait s'agir d'un plan et, entendant les sirènes d'une ambulance qui venait de pénétrer dans la cour de l'hacienda, je le fis prestement disparaître dans ma poche de pantalon.

Mon père rendit son âme à Dieu dans la nuit, sans avoir repris connaissance. De retour à l'hacienda, je m'étais enfermé dans son bureau pour y déplier, empli d'espoir, le papier qu'il m'avait remis. Une suite de chiffres y était griffonnée : 270495121500, rien d'autre, aucun plan, nul schéma qui aurait pu m'enseigner par où je devais entamer mes recherches...

Je pensai d'abord à un numéro de téléphone, mais aucun numéro de téléphone espagnol ne compte douze chiffres. À l'étranger, peut-être ? Peu probable, puisque le 27 correspond à l'indicatif de l'Afrique du Sud. Je tentai ma chance malgré tout, en pure perte.

Le code de son coffre-fort, qu'il aurait changé récemment ? Pas davantage. Il s'ouvrait toujours en saisissant la date de naissance de ma grand-mère et je n'y trouvai que les actes de propriété de l'oliveraie. Ce pouvait être le numéro d'un coffre de banque, cependant, cela ne disait rien ni au banquier, ni au notaire de mon père. Des coordonnées géographiques, peut-être ? Si tel était le cas, elles correspondaient soit au Soudan, soit à la République du Congo, pays dans lesquels mon père ne s'était jamais rendu... Une date et une heure ? Le 27 avril 1995 à midi et quart ? Possible. Mais que devait-il se passer de spécial ce jour-là ? Et à quel endroit ?

Pour finir, il me fallut bien admettre que toutes ces hypothèses ne me mèneraient strictement nulle part si je n'identifiais pas en premier lieu le taureau auquel mon père avait fait allusion... Il ne s'agissait peut-être pas d'un animal en fin de compte. Alors quoi ? Un ami de mon père qu'il aurait affublé de ce surnom et qu'il me fallait contacter pour obtenir des précisions quant à cette suite chiffrée ? Au terme de la recherche approfondie que je menai dans cette direction, je n'obtins qu'un seul résultat approchant, une certaine Soledad, dite *Vaca gorda*, eu égard aux mensurations imposantes de cette ancienne prostituée qui, d'après une source se disant bien informée, pouvait bien être ma mère… Elle vivait à Tolède. J'allai donc trouver cette Soledad, qui prétendit tout ignorer de moi. Et lorsque je lui fis savoir que je venais de la part d'Enrique – ainsi se prénommait mon père –, elle dégaina un petit revolver qu'elle devait tenir dissimulé sous sa robe et m'aurait sans aucun doute abattu sans sourciller si je n'avais détalé sans demander mon reste…

Las de ces péripéties, qui m'occupèrent plus d'une année entière, je pris contact avec deux détectives privés, le premier que je chargeai d'enquêter à ma place ; le second qui avait pour mission de me rapporter tous les faits et gestes de son confrère, au cas où lui aurait pris l'envie de disparaître avec le magot, si toutefois il parvenait à le localiser. Tout cela me coûtait fort cher, mais j'estimais que le jeu en valait la chandelle. Toutefois, ne disposant d'aucune piste sérieuse au bout de huit mois, je décidai d'abandonner ce ridicule jeu de piste et réglai les détectives la mort dans l'âme.

Les énigmes de mon père ! Elles m'avaient proprement mis sur la paille !… Frustré, fauché, fou de rage, j'avais dès le lendemain mis à sac l'hacienda, espérant y trouver, si ce n'était la cache tant espérée, du moins de quoi me dédommager. Mon père vivait tellement chichement, cependant, que le butin fut maigre. Restait l'oliveraie, mais outre le fait que j'avais promis à mon père de ne jamais la vendre, j'avais à ce point négligé la plantation pendant près de deux ans qu'elle avait perdu beaucoup de sa valeur.

J'ignore comment j'en étais finalement venu à céder le domaine… Un mélange d'amertume et de colère, probablement. Et puis, j'étais acculé, harcelé par mes créanciers. J'obtins un prix tellement dérisoire de l'oliveraie que je n'ose aujourd'hui encore en faire état. Bien décidé à tirer un trait sur cette affaire, je pris aussitôt le train pour Madrid, où je louai une mansarde. Au bout de trois mois, j'avais trouvé un emploi de vigile dans un centre commercial.

Comment aurais-je pu deviner que le gouvernement Aznar ferait passer l'année suivante une loi facilitant la conversion des terres agricoles en terrains constructibles, tandis que s'amorçait dans le pays un essor immobilier sans précédent ? Je pouvais encore moins anticiper que le domaine de mon père serait revendu huit ans plus tard à un promoteur avec une énorme plus-value et qu'après seulement une semaine de travaux, alors qu'ils creusaient la piscine du complexe hôtelier imaginé par le nouveau propriétaire, des ouvriers mettraient au jour quatorze grosses malles en métal emplies de l'inestimable trésor que j'avais vainement cherché. Tous les médias nationaux en parlèrent. Debout devant ma télévision dans ma mansarde miteuse, je faillis en faire une syncope.

Si la découverte valut aux ouvriers de faire la une des gazettes, elle m'attira en revanche des ennuis. Je fus dès le lendemain convoqué par la police qui voulait apprendre ce que je savais de ces malles, enterrées sur un terrain dont j'avais été moi-même propriétaire quelques années plus tôt. Ces tracas furent heureusement de courte durée. Les policiers ne tardèrent pas à convenir que je n'aurais pas cédé ce terrain si j'avais eu connaissance de ce qui s'y trouvait enterré, à moins d'être complètement idiot, ou que l'acheteur ne fût mon complice, ce que, dans les deux cas, ils ne purent formellement établir. Pour tout dire, ils ne furent pas longs à déterminer qui pouvait bien être le receleur de ce trésor, mon père étant connu de leurs services depuis fort longtemps. Ils me jugèrent sans doute trop niais pour envisager que j'eus pu lui apporter mon concours en quoi que ce fût.

Mis hors de cause, j'étais bien sûr soulagé. La colère qui m'habitait depuis l'annonce de la découverte ne m'avait pourtant pas quitté. Pire, elle s'aggravait d'heure en heure. Sorti du commissariat peu après midi, j'achetai un neuf millimètres dans une armurerie deux heures plus tard et, en fin de journée, sautai dans le dernier train pour Séville. Dans quelle intention ? Aucune idée. J'étais la proie d'une horrible confusion et submergé par l'envie d'en découdre avec le premier venu, peu importait qui.

Je dormis dans une *pensiòn* à Séville et pris le bus pour Las Cabezas de San Juan à l'aube. Arrivé à l'ancien domaine de mon père, je fus tellement stupéfié par le spectacle qui s'offrait à mes yeux que j'oubliai mes envies de meurtres.

Peut-être espérais-je qu'ils épargneraient au moins les oliviers les plus anciens, ceux dont mon père prétendait qu'ils avaient plus de mille ans… Peut-être. Toujours est-il que, constatant qu'il ne restait rien de la plantation qu'une succession de cratères béants, je tombai à genoux dans la poussière du chemin qui bordait la propriété, la surplombant légèrement, et me mis à pleurer comme un enfant.

J'en étais là de mes lamentations, contemplant le désastre qui, de mon fait, s'était abattu sur les terres de mon père, tâchant de me convaincre qu'après tout, je n'avais fait que lui rendre la pareille à ce vieux fou… Mais alors que je m'apprêtais à rebrousser chemin, je fus saisi d'un doute mortel. Un pressentiment, plutôt… Et si pendant toutes ces années, la réponse à son énigme s'était trouvée là, juste sous mon nez… Une pensée, confuse au départ, était en train de se préciser dans mon esprit et sans bien en comprendre encore la raison, je me sentais gagné par une glaçante sensation d'effroi.

En cette fin de matinée, une partie du chantier était baignée d'ombre. Chose curieuse, car l'entreprise de terrassement avait, comme je viens de le dire, abattu tous les oliviers de mon père. Cette ombre ne pouvait de toute façon provenir d'un arbre. Elle était trop régulière… Inspectant méthodiquement les alentours, je mis peu de temps à comprendre ce qui la produisait et, partant, quelle avait été mon erreur depuis le début. À environ deux cents mètres au sud de ce qui restait de la plantation, se trouvait une colline. Dans les années soixante, une immense pancarte publicitaire de plus de dix mètres de haut y avait été installée. Entièrement noire, elle représentait la silhouette d'un taureau, emblème d'une marque de brandy. Aujourd'hui encore, il subsiste un certain nombre de ces pancartes, en Espagne. Elles font partie du décor depuis si longtemps que personne n'y prête plus vraiment attention. Personne sauf mon père...

Nous étions fin mars, il n'était pas très difficile d'estimer la position approximative de l'ombre du taureau un mois plus tard à peu près à la même heure et, de là, d'en conclure que l'ombre de ses parties génitales se trouverait alors à l'emplacement précis de cette piscine en construction; là-même où les ouvriers avaient trouvé le magot quelques jours plus tôt... Si mon père n'avait été mort et enterré depuis des années, je crois que je l'aurais tué de mes propres mains.

Au crépuscule, je me suis rendu sur la colline. Dans un mouvement d'humeur, j'ai castré la pancarte publicitaire à coups de revolver.

Marie-France Lesage

Je suis un peu Ardennaise, un peu Belge, un peu Européenne, un peu voyageuse, un peu photographe, un peu grand-mère, un peu fleuriste, un peu guide nature, un peu dyslexique, un peu lectrice, un peu hôtesse dans ma maison d'hôtes, un peu cycliste et un peu randonneuse.

Travaux, expositions
Félix est la première publication de Marie-France Lesage

Stéphane Lambion

Stéphane Lambion, né en 1997, écrit de la poésie. Il publie régulièrement des textes en revue et il traduit de la poésie contemporaine roumaine, italienne et anglophone.

Travaux, expositions
Bleue et je te veux bleue, éd. Échappée belle, 2019

En ligne
Reconstruire, chronique dans le hors-série *Pourtant Pandémie*

Thomas Pourchayre

Thomas Pourchayre écrit depuis toujours. C'est pour lui juste une histoire de café serré, de banquise page blanche au large, d'absence de sucre et parfois même de photos de clous rouillés.

Bibliographie sélective
Le grain, nouvelle, revue Le Visage Vert, 2020
Petite Princesse du Silence, éd. 15K, 2019, sélection livres audio février 2020 de LIRE magazine
L'Ailleuriste, et dix autres nouvelles et poèmes, Daïmon n°1, 2018
Planté là, nouvelle, l'Ampoule hors-série, éd. de l'Abat-jour, 2017

En ligne
loeilcrie.fr / midiasaporte.net

Lionel Laboudigue

Né en 1971, Lionel Laboudigue est professeur des écoles, spécialisé dans l'aide dite « à dominante relationnelle ». Ses photographies saisissent l'être quand il est à l'arrêt, sans doute pour mieux l'interroger.

Expositions
Voyage en Etalie, Le Mille Pâtes, Tours, 2019
Plongée en surfaces, Le Court-Circuit, Tours, 2019
La solitude des funambules, cinéma Studio, Tours, 2019

En ligne
Un monde sans visage, série, dans le hors-série *Pourtant Pandémie*

Brice Gautier

Brice Gautier vit et travaille à Villeurbanne. Dilettante, il écrit parfois des nouvelles dont certaines sont publiées dans des revues. Le phénomène s'est déjà reproduit plus d'une quinzaine de fois. Il n'en revient toujours pas.

Bibliographie sélective

Le pont Monte Carlo, nouvelle, éd. Arkuiris, 2020, dans Anthologie *Religions d'ailleurs et de demain*
Coups et Blessures, nouvelle, éd. du Pangolin, 2020, dans *Dévoilements*
Légende familiale, nouvelle, Revue rue Saint Ambroise n°45, 2020

En ligne

Un chat dans une boîte, nouvelle, Revue en ligne « L'Ampoule », 2017
Du cadeau comme arme de guerre, nouvelle, Revue en ligne Squeeze, n°20, 2020

Phil Anker

Recording the moments in time that make up life on the street. My main style is street photography or as I prefer to call it people watching. I have always been fascinated by body language and how we are all different. Consider how many people there are in the world and unless matching twins every single one looks and acts differently.

En ligne

Site : www.philankerphotography.co.uk - Galerie : www.flickr.com/photos/100380702@N08/ - Instagram : @phil.opa.anker

Stephan Ferry

Natif de la forêt vosgienne, Stephan Ferry (1970) est journaliste, photographe indépendant et auteur de fictions, avec une prédilection très marquée pour les textes noirs, teintés d'humour grinçant et de poésie. Il a débuté sa carrière en Jordanie – où il a contribué à fonder la revue littéraire franco-arabe *En attendant...* –, puis en Chine. Il exerce son métier entre Bretagne et Nouvelle-Aquitaine. Il collabore régulièrement avec des artistes de renom (Gregory Zanotti, Benjamin Freudenthal) et des dessinateurs moins connus, renouant avec la tradition du récit illustré.

Bibliographie sélective

Histoires d'amour & autres atrocités, nouvelles, éd. Maïa, Paris, 2020
Les Bijoux de Nout, roman, éd. Moires, Bordeaux, 2015
Ordalies, roman, éd. Arhsens, Paris, 2005

5

Minéral

Plante piranha

Francis Malapris

« Pourtant il nous reste à tricher
Être le pique et jouer cœur
Être la peur et rejouer
Être le diable et jouer fleur
Pourtant il reste à patienter
Bon an mal an on ne vit qu'une heure
Pourquoi faut-il que les hommes s'ennuient ? »

Jacques Brel,
Pourquoi faut-il que les hommes s'ennuient

Comme j'avais aimé cette ville !

Virginie Moiré

Le chapeau de fourrure avait été doux à ma main lorsque je l'avais saisi, plus doux encore lorsque je l'avais dissimulé sous mes vêtements, le temps pour cela de me réfugier dans les toilettes en espérant que personne ne m'avait repérée. Je n'avais pu m'empêcher d'admirer cet objet sous toutes ses coutures. De forme ronde, la structure en carton était recouverte de soie et de satin, ornée de perles rouges à l'extérieur. Il était aussi surmonté d'un gland en laiton joliment ouvragé. La fourrure qui tapissait l'intérieur et son bord extérieur devait permettre au fonctionnaire chinois d'affronter les rigueurs glaciales que lui imposait son devoir, l'hiver venu. Elle était soyeuse et épaisse, superbe dépouille d'une loutre de mer sacrifiée. J'avais peu longtemps résisté à l'envie pressante de m'en coiffer quelques secondes. J'allais amèrement le regretter.

Le musée, plongé dans l'obscurité, avait alors pris l'allure d'un paquebot à la dérive. Les rares gardiens, inquiets et nerveux, avaient cherché désespérément à réunir les visiteurs dispersés et sourds aux injonctions. Ces derniers s'étaient attardés, esquivant le personnel et braquant les œuvres des torches de leur téléphone. Il avait fallu appeler la police pour évacuer les lieux. J'avais profité de ces moments de flottement pour filer, une prière en tête à l'adresse de Galbert.

« Pourtant, que j'aime les villes. »

Gilles Bertin

Ma mission était alors de déposer le sublime chapeau dans une boîte aux lettres de la rue Victor-Hugo, dans l'immeuble même où Jean Moulin avait tenu des réunions.

Le trésor devait servir de monnaie d'échange. La Chine avait en effet décidé de récupérer des œuvres de son patrimoine à travers le monde. La France avait catégoriquement écarté cette requête. Le gouvernement chinois avait alors fait une étrange proposition : toute œuvre figurant sur une liste et remise quel que soit le procédé, ferait l'objet d'un échange sous forme d'un prisonnier politique. Le bonnet de Galbert y figurait… L'un des prisonniers désignés était Zhen Jianghua, journaliste-citoyen. Son enquête sur le trafic des pangolins lui avait causé bien des soucis lorsqu'il avait découvert les implications de certains hauts fonctionnaires. Il nous avait semblé savoureux que la coiffe Nuan Mao d'un fonctionnaire chinois du début du XXe siècle pût permettre de libérer un homme qui avait dénoncé des fonctionnaires peu scrupuleux quelque cent cinquante ans plus tard…

Cela s'était passé au mois d'avril. Un peu avant la troisième décennie de l'an 2000. Le printemps était doux, l'hiver une fois de plus avait été clément. Nous nous en étions émus comme chaque année depuis longtemps, partagés cependant entre l'envie de ne pas renoncer à l'insouciance et la sourde inquiétude de ces signes de plus en plus tangibles.

Ce jour d'avril, je marchais le long du fleuve, le vent frais dans mes cheveux lorsque je passais sous les ponts, l'air presque tiède passée l'ombre des arches.

Les mains dans les poches de mon imper, mes doigts froissaient ce petit bout de papier au risque d'en effacer l'encre. Les caractères qu'il renfermait sauveraient Zhen ou le condamneraient :

在安联的玻璃器皿场，将有人期待着母鸡姜花

Et pourtant, comme j'avais aimé cette ville ! Comme j'aimais tant de villes. La litanie de leurs noms me distrayait lorsque j'égrenais à travers elles les années de ma vie.

La pub de Monoprix m'était revenue à l'esprit. «Dans la ville, il y a vie.»

Les imbéciles. Ils avaient tué nos villes, sournoisement, à coups de slogans publicitaires et d'opérations immobilières. Les quartiers anciens étaient devenus une momie muséifiée. Ce matin-là il m'avait fallu chercher longtemps la griffe d'un graffeur sur ses murs. Les amendes étaient alors devenues délirantes et les caméras de vidéosurveillance - vidéoprotection disait la mairie - traquaient toutes les incivilités, aussi insignifiantes fussent-elles.

Combien d'amis ruinés et forcés de partir ?

Zhen devait bien évidemment arriver à l'insu des autorités françaises. Nous risquions la disparition à coup sûr et sans doute pire. Il était certainement bien stupide de vouloir sauver des militants écologistes à travers le monde lorsque notre propre pays était la proie d'un régime autoritaire et de surcroît vouant une haine implacable à la cause environnementale.

J'avais alors pensé aux dangers que Dario allait désormais courir. Sa ferme dans l'Allier était déjà le refuge de nombre de wwoofers[1] venus de tous les continents. Ces jeunes et moins jeunes étaient venus chercher là l'illusion d'un abri, sous prétexte de se former à la permaculture. Il les avait recueillis avec son hospitalité frugale et chaleureuse. Chez lui, l'angoisse s'atténuait, on reprenait courage en travaillant de ses mains. Tous savaient cependant que Dario avait été repéré par la cellule Déméter, organe de la gendarmerie qui traquait dans les campagnes les écologistes, les végans, les zadistes, les antispécistes et tous ceux qui s'attaquaient à l'agriculture industrielle.

Régnait encore le fol espoir que les tracasseries à l'œuvre n'étaient pas si graves. Le gouvernement avait

[1] WWOOFers : personnes qui pratiquent le WWOOFing (World Wide Opportunities on Organic Farms). Un hôte leur offre le gîte, le couvert et l'occasion d'apprendre contre une aide au maraîchage, au jardinage, ... dans des fermes bios.

encore besoin de ces sympathiques paysans pour prouver sa bonne volonté et alimenter sa propagande.

On s'était aussi illusionné que Zhen, avec une nouvelle identité, deviendrait un wwoofer anonyme parmi les milliers d'autres. En ce temps-là, le wwoofing était la soupape que les autorités toléraient encore pour canaliser les éventuels débordements, surtout chez les jeunes gens.

J'avais moi-même connu Dario lors d'un de ces séjours, lorsque fatiguée et découragée, j'avais retrouvé dans les travaux de la ferme de la sérénité. Les tâches accomplies ensemble, les repas en commun, les chants, donnaient à cette petite communauté une joie immense. J'y avais retrouvé un lointain souvenir de chantiers de restauration qui avaient forgé mon goût de la vie communautaire.

Dario et moi avions été amants. Nous l'étions encore de temps en temps à ce moment-là, sur le mode d'une amitié amoureuse et sur laquelle nous n'épiloguions pas. Je crois que nous avions perdu l'amnésie insouciante qui accompagne les histoires d'amour.

Pourtant, nos jeux intimes avaient cette fougue et cette exaltation qui naissent dans les catastrophes. Comme si nous savions que nous n'avions plus rien à perdre.

Cette jubilation que nous avions cultivée avec la force du désespoir nous tenait debout. Nous trouvions alors la force de continuer nos inventaires de faune et de flore, nous maintenions un grand potager, nous hébergions chaque jour au moins vingt personnes, réfugiés climatiques ou politiques, et souvent les deux. Notre bonne humeur était en général communicative, et il n'était pas rare que les repas se passassent joyeusement. Dario aimait préparer des plats bien présentés, et nos convives étaient toujours surpris et émus de tant d'attention.

Cependant, nous étions au fond de nous-mêmes très inquiets. L'intimité qui pouvait régner entre Dario et moi donnait alors une résonance plus forte encore à la pensée muette que perdre l'autre aurait le pouvoir d'une dévastation.

Les disparitions étaient en effet de plus en plus nombreuses. Les scènes de brutalité policière qui sévissaient dans les années 20 n'existaient plus. La tactique avait changé. On ne voyait plus de policiers mais les moindres suspects disparaissaient dans la plus grande discrétion. J'avais ainsi perdu mes voisins parce qu'ils ne triaient pas bien leurs déchets. Au matin, leur appartement avait été vidé et je n'avais pas osé demander aux services municipaux où était partie la famille Clément.

L'inquiétude en ce temps-là se lisait sur les traits de chacun. Il était déjà clair que nous avions échoué à préserver la démocratie lorsque la transition écologique s'était imposée. Cette dernière, menée tambour battant, avait provoqué de graves conflits sociaux. Les gens s'étaient rebellés et les urnes avaient plébiscité le retour de l'ordre.

Sous ce nouveau régime pourtant, mais cela était bien prévisible, l'état de la planète et de ses habitants s'était considérablement aggravé alors même que quelques-uns avaient capté le reste des richesses qu'ils finissaient de dilapider. Le cynisme était tel qu'on exigeait de presque tous un comportement individuel exemplaire à coups d'écogestes de plus en plus vains, alors que le gouvernement continuait de saccager ce qui restait encore de vivant. Nous vivions dans une totale absurdité.

À cette époque, l'approvisionnement en nourriture prenait beaucoup de temps même si tout le monde s'essayait au maraîchage. Les parcs et jardins s'étaient couverts de potagers. Les conseils des anciens valaient de l'or, tout comme les graines qui s'échangeaient contre des bijoux ou de précieux bibelots. Depuis que les semenciers avaient rendu les semences stériles, seuls ceux qui avaient pris leurs précautions il y a longtemps tiraient leur épingle du jeu. Les jardiniers connaissaient cependant bien des déboires car nombre de vols étaient commis avant même que ne mûrissent les fruits et les légumes. C'est précisément à ce moment-là qu'Adrienne, ma fille, avait rejoint les mouvements écologistes radicaux. Elle surgissait devant moi à l'improviste, muette comme une tombe sur ses activités. Je savais depuis longtemps que je l'avais perdue. Elle rêvait d'absolu, dénigrait toute concession, nourrie qu'elle était des lectures du Comité invisible. Je l'admirais et j'avais peur pour elle.

Chez Dario, on trouvait encore toutes les graines que l'on voulait, patient travail d'accumulation des années durant, comme l'avait fait avant lui Nikolaï Vavilov[2] avant d'être victime des purges staliniennes. Il en donnait généreusement à la condition que les jardiniers contribuassent eux aussi à renouveler le stock de graines. Il avait été la victime de nombreux cambriolages, sans grave conséquence jusqu'alors mais cela avait renforcé notre intranquillité. La cellule Déméter était certainement à l'œuvre en sous main.

Dario avait souhaité rester indifférent à ces provocations. Il avait voulu se concentrer sur l'accueil de Zheng. Cependant, la découverte de lots de graines contaminés par des produits toxiques avait fini par le convaincre que Zheng devait trouver refuge ailleurs et les wwoofers se disperser.

Au moment où il s'était formulé ces conclusions, les gendarmes avaient déjà encerclé la ferme. Tous ses occupants, une vingtaine ce jour-là, avaient été arrêtés. Ils avaient dû assister à l'incendie du hameau, les lance-flammes des gendarmes réduisant en cendres chacun des bâtiments, les habitations et les étables, chèvreries, bergeries, et les animaux qui s'y trouvaient.

Dario avait vu ses réserves de graines brûler, immense bibliothèque de savoir, de patience et d'avenir détruite.

Son suicide avait fini de parachever leur œuvre.

Il avait été facile aux gendarmes de remonter jusqu'à la ferme.

La trace d'ADN que j'avais laissée dans le couvre-chef chinois m'avait identifiée.

Nous ne nous doutions pas alors qu'un accord venait d'être conclu entre la France et la Chine. Contre une

[2] Nikolaï Vavilov (1897-1943), botaniste et généticien russe et soviétique, fondateur de l'Institut pansoviétique de culture des plantes qui porte son nom. Il a consacré sa vie à une collection de graines et de semences entre 1920 et 1940.

coopération pour identifier les activistes écologistes, la France avait accepté de rétrocéder secrètement certaines œuvres. Et parmi celles-ci, un certain nombre de coiffes d'Antoine de Galbert dont il avait fait donation à l'État.

Quant au petit papier froissé retrouvé dans le chapeau, il indiquait que Zhen était attendu à la ferme de la Verrerie.

Dix ans plus tard, il est suspect d'évoquer le lointain souvenir des villes d'avant la transition écologique. Elles ne vivent que pour elles-mêmes et les rares privilégiés qui les ont pillées. Pourtant, il paraît qu'ils s'y ennuient. Aucun artifice n'a été assez puissant pour recréer l'ambiance d'un café, d'un jardin d'enfants, ou d'une rue. On dit les villes silencieuses le jour et outrageusement festives la nuit. Mais le cœur n'y est plus.

J'ai écrit ce récit depuis une prison-hôpital que les autorités appellent un refuge de la sérénité.

Après la mort de Dario, la municipalité m'a proposé de devenir responsable de l'environnement, à condition que je me proclame repentie. La tâche consistait à améliorer les performances des écogestes des habitants. Des comportements douteux refaisaient surface comme consommer plusieurs fois par mois de la viande ; certains avaient ressorti des voitures à essence de leur garage ; d'autres ne triaient pas correctement leurs déchets et faisaient baisser les rendements. Pire, il y avait les resquilleurs qui échappaient aux journées de jardinage obligatoires et d'autres qui continuaient à prendre des bains...

Mes arguments contre cette écologie punitive ne pesèrent rien. Il leur fallait une repentie pour leur propagande et de toute façon, tous leurs ordres et contre-ordres soi-disant environnementalistes, n'avaient de raison que d'asservir la population. J'avais fini par accepter lorsque sans ambages, ils me dirent que ma fille courait de grands dangers et qu'il ne tenait qu'à moi qu'elle disparût ou pas.

Les activités d'Adrienne avaient pris un tour violent en adoptant la cause antispéciste. Les attaques contre les élevages industriels, les abattoirs et la grande distribution s'étaient prolongés d'enlèvements et d'exécutions de dirigeants de ces établissements dans les mêmes conditions que le sort réservé aux poulets et porcs industriels.

Notre dernier échange avait été houleux et profondément triste. Elle m'avait reproché de n'avoir pas assez lutté, de n'avoir pas pressenti suffisamment tôt le désastre... Cela m'avait fait mal mais pas autant que sa décision de rejoindre la mouvance des Ginks[3] qui prônaient la stérilisation volontaire. Elle avait fait ligaturer ses trompes, et par ce geste définitif m'avait ainsi privée d'être un jour grand-mère. J'avais vu dans cet acte tellement de désespoir, tellement de nihilisme. Même si, et elle avait raison, il y avait de l'égoïsme dans ma peine, celui d'avoir voulu un jour, à nouveau, prodiguer des soins à un enfant, lui transmettre... Lui transmettre quoi ? avait-elle hurlé. C'est alors qu'elle m'avait annoncé être devenue une extinctionniste dans sa forme la plus radicale. Il fallait désormais éliminer la race humaine, la seule chance de pouvoir sauver la terre.

J'étais restée sans nouvelles pendant deux ans.

Puis, l'annonce d'un accord provisoire de son mouvement avec le gouvernement était tombée. Son nom figurait parmi les signataires. Toutes les personnes nées avant l'an 2000 devaient disparaître en tant que responsables générationnels du désastre actuel. Cet accord serait renégocié dans cinq ans en fonction des résultats.

Aujourd'hui, je suis dans l'antichambre de ma disparition, une euthanasie qui ne dit pas son nom.

Ce récit, je vais l'envoyer à une revue littéraire qui vient d'être créée. Elle s'appelle Pourtant, un titre évocateur lorsque l'on est comme moi, dans une profonde introspection. Ce témoignage qui sera qualifié de fictionnel, passera peut-être la censure. Il sera peut-être publié et archivé quelque part pour les générations futures. S'il en reste un jour sur cette terre.

[3] Ginks : Green Inclinations No Kids

Insecticide

Florence White

À fleur de pierre

Françoise Voland

#23

« Il était mort, pourtant. »

Michael Connelly, *Le Poète*

#11

« Et pourtant, elle tourne. « Pourtant » est un résistant, un opposant patient, diplomate qui pose ses jalons, pour prendre son ampleur le moment venu. En ce sens, il est l'étrange mélange de l'espace et du temps. Pourtant concède, mais ne cède pas. »

Marie Delbos

Mille kilomètres de sable et de pierraille, d'herbes sèches, d'insectes faussement ensablés. Mille kilomètres de souffle brûlant qui asséchait et ma gourde et ma gorge. Cent heures d'errance solitaire. Cent heures de voyage dans l'attente de la soif. Dans la peur de la soif. Cent heures à l'écoute de l'eau qui s'évapore.

Lorsqu'au loin un village haut perché se profila. Un village ? Un hameau tout au plus, un dense amas de tours dressées sur un rocher abrupt et indifférent. Comme si le roc avait décidé de croître à l'envers, ses racines, carrées, tendues vers le haut. Tours ocres, beiges ou roses. Bâties de sable, de grès ou de poussière ? Elles sont courbées comme des palmiers au vent têtu. Et pourtant, pas de vent. Était-ce un mirage ? Une illusion ? Une chimère...

Mû par la soif et malgré la fatigue, j'entrepris la montée. Le chemin était si escarpé que j'abandonnai mon sac à dos au pied de la côte, n'emportant que ma gourde et quelques pièces d'une monnaie improbable. Pas une once de vent et pourtant, dès les premiers pas, je me sentis poussé avec force vers le côté. La pression croissait à mesure que je grimpais et j'atteignis l'orée du village, arqué dans l'effort au même angle que les constructions.

Pas un chat dans la chaleur tremblante et le sable blanc comme un os. Pas un homme. Oui, au désert, la méridienne est un acte de survie.

Entre les bâtisses, la poussée s'amplifia d'un coup. Je m'assis au pied de l'une d'elles – calé contre le mur rugueux et massif, ou plutôt acculé, accolé, contraint de prendre cet appui – en attente d'un passant, en attente d'âme qui vive. Pas d'olivier ombreux ni d'opulente fontaine dans cet agrégat de murailles arides. Seul le rocher sous mon corps, seules à l'entour les tours fortifiées, vigilantes, percées de baies aux aguets. Ivre de kilomètres, j'étais immobile, enfin. Je voulais m'ancrer là, défier la force qui me refoulait et m'enjoignait de reprendre la route.

J'avais dû m'assoupir dans la soif et l'ombre, car un profond grondement me fit soudain ouvrir les yeux dans le soleil déclinant. Un long homme drapé se tenait en face de moi, la tête et le corps penchés. Aucun regard dans ses pupilles opaques. Sa tunique et ses interminables cheveux gris flottaient dans l'absence de vent. Il leva sa main avec vigueur, ferme et rassurant. Un effluve crayeux me parvint. C'est alors que le rocher se mit à trembler. Trembler, non, un glissement plutôt. Lent, si lent et pourtant je vacillai. Le sol roulait sous mes pieds qui perdaient pied. Les tours, découpées sur le ciel glabre, se mirent à basculer lentement, suivant le geste de l'homme, le mouvement de sa main. Le sol se tendit sous leurs fondations. Je me levai d'un coup. Fuir avant que les murs ne croulent. Mais le roc entrainé par l'arrachement dérouta mes jambes qui se dérobèrent sous mon corps. L'homme empoigna mon bras et me retint. Impossible de résister à sa poigne magistrale et noueuse comme un vieux tronc.

Mon corps, son corps et sa chevelure suivent le déplacement des tours. Sidéré, mon corps bascule dans l'angoisse, mon esprit bousculé, submergé par la peur et la volupté engendrées par la chute lente, silencieuse et inéluctable. Combien de temps sommes-nous restés ainsi, corps-à-corps ? La peur m'a quitté et j'aurais voulu demeurer une éternité dans la jouissance qui me chavire, dans le soleil qui m'assèche et me grève. Demeurer dans ce mouvement infime, immobile. À jamais. Et toujours pas une once de vent.

L'homme m'avait lâché. Est-ce à ce moment que le bouleversement cessa ? Le hameau est à présent penché vers l'autre côté. Mon corps doute. Suis-je figé, moi aussi ? Suis-je encore en mouvement ?

La soif m'a quitté. L'ombre m'a quitté. L'homme a disparu. Les tours me côtoient et me voilà grandi. Les tours, immuables, de nouveau. Allons, il est temps de reprendre ma route, de compter mes pas dans le sable. Mais l'envie de mouvoir m'a quitté. D'ailleurs mes jambes m'ont quitté, elles aussi, et mes bras. Ou plutôt non, mes jambes n'ont pas disparu, elles se sont enfoncées dans le roc. La pierre enserre mes genoux. Mes bras, eux, ont disparu. Seul me reste mon torse, à présent carré et pierreux, immobile, fortifié. Modelé à présent de sable, de grès ou de poussière. Seuls me restent mes yeux pétrifiés qui scrutent l'horizon éternel, aux aguets.

Sécheresse

Yannick Duc

#17

« Pourtant, que j'aime les villes. »

Gilles Bertin

Clermont-Ferrand

Emmanuelle Cabrol

Parfois Je vais en ville Délaissant ma terre immobile
Où le silence est mélodieux
Dans de vieilles pierres Froides et inertes Bien couverte
Je dors
En dessous le passé respire Encore
Entend-on soupirer les morts
Le passé reste à venir
Rue du port Une valise roule vers la gare
Cahotant sur les pavés inégaux
Qui entraîne-t-elle dans ce départ et ces cahots
La vitre tressaille à la moindre bourrasque
Attisant les esprits fantasques
Les prémisses de l'aube ramènent les noctambules
Qui chancellent dans la ruelle entre deux conciliabules
Ponctuant mon sommeil léger
De claquements sur les pavés
Les pas dévalent la rue des Gras
Où l'ombre noire de la cathédrale veille
Et le puy de Dôme tend ses bras
Un homme erre
Trémule sous une porte cochère
Une musique bourdonne au loin
Berçant mes rêves jusqu'au matin
Parfois je vais en ville Et le silence
Y est précieux.

Francis Malapris

Photographe auteur depuis 1996, basé à Lyon, inspiré par des maîtres comme Raymond Depardon, Rafael Minkkinen et Daido Moriyama. L'humain est un matériau fantastique. J'aime observer les corps, leurs mouvements et expressions avec parfois le sentiment de me les approprier. La thématique principale du travail que j'expose est celle du rapport au réel : alors que le corps physique est soumis au présent, l'imaginaire est libre de vagabonder sans contrainte dans le temps et l'espace.

Travaux, expositions
FEPN, affiche, Arles, 2017
ICA Gallery, Tokyo, 2018
Espace Paul Ricard, Lyon, 2018
Galerie Eyem, Berlin, 2017
Photoplace Gallery, USA, 2017

En ligne
Site web : malapris.com

© Diane Larchevêque

Virginie Moiré

Virginie Moiré, née en 1965, se nourrit de villes et de campagnes, parcourues toutes de préférence à pied. Lectrice jamais rassasiée, elle fait ici, dans Pourtant, ses premiers pas dans l'écriture.

Bibliographie
Comme j'avais aimé cette ville ! est la première publication de Virginie Moiré.

En ligne
Temps gris marais de la Burbanche, nouvelle, dans le hors-série *Pourtant Pandémie*

Florence White

« De moi-même, de moi, je n'ai rien à dire. Ou seulement ceci, savoir : je suis miroir moi-même où le monde se noie - ou l'univers se voit - où n'importe quoi se regarde, n'importe qui. » Marcelle Delpastre, *Cinq heures du soir*, Éd. de Borée
En Creuse, où je suis posée depuis 25 ans, j'arpente les chemins et je regarde. J'entrevois, je capte l'impression, je fixe le temps, je garde l'instant, je rends l'effet. Sans jamais y parvenir tout à fait.

Travaux, expositions
Effervescence et *Insecticide* sont les premières publications de Florence White

En ligne
chorus23.canalblog.com

Françoise Voland

Émigrée de la France occidentale vers la Flandre occidentale il y a 30 ans, j'écris en français et en néerlandais pour mon métier d'architecte. Je m'attendris des curiosités, tournures et facultés propres à chaque langue. L'usage quotidien d'un autre langage avive mon amour intellectuel et physique, immodéré, des mots. Je le fête dans l'écriture de fiction dont je découvre la sueur et la peur, le plaisir et la fougue, l'orfèvrerie. J'éprouve que « L'inspiration n'est peut-être que la joie d'écrire : elle ne la précède pas » (Jules Renard).

Bibliographie

À fleur de pierre est la première publication de Françoise Voland

Yannick Duc

Yannick Duc vit dans le Gers et photographie partout.

Travaux, expositions

Regard d'enfant est la première publication de Yannnick Duc.

En ligne

Sécheresse, photographies, dans le hors-série *Pourtant Pandémie*

Emmanuelle Cabrol

J'écris principalement pour les enfants, peut-être parce que j'ai eu du mal à passer aux livres sans image. Ou parce que je me régale encore aujourd'hui à lire les *Fantômette*. L'écriture est un chemin de liberté et de fantaisie idéal pour s'amuser, expérimenter, s'exprimer, tendre l'oreille, humer l'air du temps. J'adore les formats courts : les fables, les comptines, les nouvelles, les chansons, la poésie... Je me suis régalée à écrire une pièce de théâtre en alexandrins pour le plaisir de jouer avec les rimes et les assonances. J'anime aussi avec passion des ateliers d'écriture et je suis constamment bluffée par l'intarissable imagination du genre humain. L'écriture se déguste volontiers à plusieurs.

Bibliographie

Comment cuisiner un cochon, roman, éd. Milan, collection poche benjamin, 2010
La fille de la sixième K, roman, éd.Milan, collection poche cadet, 2011
La grosse colère d'Esther, grande histoire, éd. Auzou, format album, 2016
Mafalou a une faim de loup, roman, éd. Milan, collection poche benjamin, 2018
Mes comptines de tous les jours, mes premiers livres à écouter, avec CD audio (textes de chansons sur des musiques traditionnelles), éd.Auzou Eveil, 2019

En ligne

emmanuellecabrol.fr / lecritot.free.fr

Librairie des auteurs

Voici une sélection de livres publiés par les auteurs de ce numéro :

René Frégni
Dernier roman paru : *Dernier arrêt avant l'automne*, Éditions Gallimard, 2019 et tous ses romans chez Gallimard

Christina Mirjol
Un homme, roman, ÉLP Éditeur, 2020 (num) et BOD, 2020
Les petits gouffres, nouvelles, éd. Mercure de France, 2011 – Prix Renaissance de la nouvelle 2012
Suzanne ou le Récit de la honte, roman, éd. Mercure de France, 2007 – Prix Thyde Monnier 2007

Claudine Londre
L'Ombre de ma mère, roman, éd. du Seuil, 2020

Jacques Cauda
Moby Dark, roman, éditions L'Âne qui Butine, 2020
Profession de Foi, récit, Éditions Tinbad 2019
Ici le temps va à pied, poésie, Éditions Souffles, 2017, prix spécial du jury Joseph Delteil

Florentine Rey
Mon œil !, roman graphique, Éditions Des ronds dans l'O, 2010, Prix Olympe de Gouges 2010
Je danse encore après minuit, recueil de poésies, Éditions Gros Textes 2017
Le bûcher sera doux, recueil de poésies, Éditions La Rumeur Libre, 2019

Emmanuelle Cabrol
Mafalou a une faim de loup, roman, Éditions Milan, collection poche benjamin, 2018

La grosse colère d'Esther, grande histoire, Éditions Auzou, format album, 2016
Comment cuisiner un cochon, roman, Éditions Milan, collection poche benjamin, 2010

Isabelle Minière
Je suis né laid, Serge Safran éditeur, 2019
Bouche cousue, le Verger éditeur, 2018
On n'est jamais à l'abri d'une bonne surprise, Éditions Serge Safran, 2016

Derek Munn
Le cavalier, roman, Éditions L'Ire des marges, 2018
Vanité aux fruits, roman, Éditions L'Ire des marges, 2017
Mon cri de Tarzan, roman, Éditions Léo Scheer/Laureli, 2012

Bertrand Runtz
Deux sœurs-Deux Frères, nouvelles, Éditions du Jasmin, 2019
Reine d'un jour, roman, Éditions Finitude, 2010

Stephan Ferry
Histoires d'amour & autres atrocités, nouvelles, Éditions Maïa, Paris, 2020
Les Bijoux de Nout, roman, Éditions Moires, Bordeaux, 2015

Gabriel Henry
Chair-ville, poésies, Éditions de l'Atelier de l'agneau, 2019, sélection Prix CoPo des lycéens 2020

Stéphane Lambion
Bleue et je te veux bleue, Éditions Échappée belle, 2019

Remerciements

Vous nous avez aidés de vos dons et/ou de vos adhésions
Lydie Agnès, Gildas De Boisboissel, Anne Desplanques, Arnault Destal, Olivier Doutriaux, Héloïse Eloi-Hammer, Yves Fonfreyde, Framboise Guillouche, Michel Juan, Michel Laplace, Catherine Moro, Alain Noël, Sylvie Rimlinger, Yuna Saudemont, Fabrice Schurmans, Katia Sznicer, Anaël Tourlourat, Amélia Viguie

Beaucoup
Nathalie Barrié, Brigitte Baudart, Marco Bélanger, Gérard Boulanger, Jacques Cauda, Christine Dugast, Clémentine Duxin, Sophie Fave Lervert, Fanny Folly, Laurence Goergen, Marta Hernandez, Lionel Laboudigue, Élodie Meppiel, Virginie Minard, Christina Mirjol, Martine Tatger, Marine Vaslin, Linda Way, Nathalie Williams

Vraiment beaucoup
Josée-Hélène Couvelaere, Jean Pierre Faugère, Virginie Gallet-Sawada, Thomas Pietrois-Chabassier, Jessica Manaka Penda, Hélène Massieye Lechopied, Myriam Linguanotto, Christina Mirjol, Isabelle Niesseron, Martine Paulais, Bénédicte Saouter, Françoise Voland

Passionnément
Patrick Ugen, Florence White et Valérie Souchon

Vous nous avez aidés de vos conseils et de votre temps
Nous remercions particulièrement :
Mathilde Dubois pour son enthousiasme et son professionnalisme sur la maquette de ce premier numéro
Michel Laplace pour ses conseils sur la création du livre, ses relectures, son œil professionnel et son engagement
Phil Anker, photographe de rue, pour ses photographies Flash mob
Éric Zeziola pour le cadeau de ses photos pour démarrer le projet
Martine Charuel pour ses contacts avec les écrivains et particulièrement René Frégni
Isabelle Niesseron pour son regard au long du projet, ses lectures et ses contacts étroits avec les auteurs
Françoise Litou pour ses corrections
Myriam Linguanotto pour son regard sur le projet et ses conseils déterminants en communication
Martine Paulais pour son regard sur le projet, ses conseils sur la maquette et les imprimeurs
Florentine Rey, Valérie Souchon et Stéphane Lambion pour leurs vidéos originales
Sarcignan et Jacques Cauda pour leurs photos « Pandémie »

Merci à toutes et tous, vous avez à la fois agrandi et permis ce numéro 1,

Christine, Alain et Gilles

Numéro 1, juillet 2020

Édité par Association Pourtant,
106 rue de Turenne, 75003 Paris

Directeur de la publication Gilles Bertin
Rédaction Gilles Bertin et Christine Laurent-Vianaud
Comités de lecture et éditorial
Gilles Bertin, Christine Laurent-Vianaud, Alain Stromboni
Direction artistique et maquette
Mathilde Dubois
Corrections Michel Laplace, Françoise Litou

Crédits
Textes : par les auteurs de ce numéro
Photographies : par les auteurs de ce numéro
En couverture : *Le maître*, Sophie Bernier

Impression BoD, impression à la demande, sur papier 120 g FSC

Polices de caractères Tongari et Sero pro

Abonnement voir page 168 ou sur www.pourtant.fr/abonnement

Diffusion/distribution en librairie
BoD

Dépôt légal juillet 2020
ISBN Livre 978-2-9573357-0-1
ISBN ePub-PDF 978-2-9573357-1-8

Site web et hors-série en ligne
www.pourtant.fr

Contacts
Envoi de texte ou de photographie :
envoi.pourtant@gmail.com
Revue (SAUF LES ENVOIS !) :
revue.pourtant@gmail.com
Association Pourtant :
association.pourtant@gmail.com

Réseaux sociaux
Twitter : @RevuePourtant
Instagram : @PourtantPourtant
Facebook (mais nous sommes plus réactifs sur Instagram et Twitter) : @PourtantPourtant

Hors-série [Souscription]

Pandémie, vies humaines

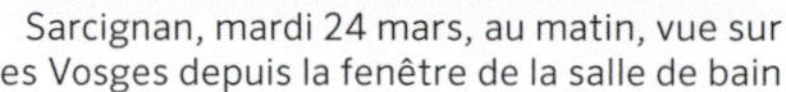

Sarcignan, mardi 24 mars, au matin, vue sur les Vosges depuis la fenêtre de la salle de bain

Œuvre de Jacques Cauda

Ce numéro est le fruit d'un coup de gueule. Il est né aussi pour répondre à l'angoisse infligée par le confinement. Dimanche 15 mars, devant l'importance de ce qui débaroulait, alors que nous étions encore en train de lire et regarder les 310 textes et photographies reçus, nous avons choisi de lancer un projet parallèle à ce numéro 1 papier, sous forme d'un hors-série en accès libre sur notre site, « Pandémie, vies humaines ».

Sommaire

Le temps du confinement

Sommaire

Abonnement

Pourquoi choisir la formule de l'abonnement ? Nous retrouver avec régularité et certitude chaque semestre. Nous faire confiance et nous soutenir dans cette aventure de la revue et sa pérennité, s'engager et devenir acteur de cette aventure. Et plus, si vous en avez le temps et l'envie.

Économisez les frais de port !

REVUE PAPIER

sur papier 120 g certifié FSC forêts durables

30 €

pour 2 numéros en France franco de port !

Abonnement à l'étranger, nous contacter

NUMÉRIQUE

100% numérique PDF + ePub

20 €

pour 2 numéros

uniquement sur ordinateur et tablette

La revue étant photographique, on perd beaucoup sur liseuse.

Paiement par chèque

Je m'abonne pour :
◯ 1 an ou ◯ 2 ans
à partir du numéro :
◯ le prochain ou ◯ un n° particulier

Nom ....
Prénom ....
Adresse ....
....
Tél. ....

Envoyez ce bulletin ou sur papier libre avec un chèque à l'ordre de Association Pourtant du montant attendu à :
Association Pourtant, 106 rue de Turenne, 75003 Paris

Paiement en ligne sécurisé par CB

Avec HelloAsso, solution de paiement pour les associations

Prenez ce code avec l'appareil photo de votre téléphone :

Ou allez sur :
www.pourtant.fr/abonnnement